Klaus Sauerbeck   *   Die Liebe lebt

Klaus Sauerbeck

Die Liebe

lebt

DAS FAMILIEN-WEIHNACHTSBUCH

Weihnachtsgeschichten
Weihnachtsevangelium
Weihnachtselfchen
Weihnachtstheater
und eine
„Versöhnungsgeschichte"

Bibliografische Information der Deutschen Nationalbibliothek:
Die Deutsche Nationalbibliothek verzeichnet diese Publikation in der
Deutschen Nationalbibliografie; detaillierte bibliografische Daten sind
im Internet über http://dnb.dnb.de abrufbar.

© 2013 Dr. Klaus Sauerbeck

Herstellung und Verlag: BoD – Books on Demand, Norderstedt

ISBN: 978-3-741-2971-99

Den Frieden und die Freude
der Heiligen Nacht von Bethlehem –
das ist es,
was ich mir für die Welt wüsche.

Ein Familienweihnachtsbuch? Was soll das denn sein? Nun – genau das, was der Name sagt: Ein Buch für die ganze Familie.

Ein Buch mit Geschichten für jeden Tag der Adventszeit – heitere und ernste, kürzere und etwas längere, leise und eher laute – für jeden etwas. Oder anders gesagt: Für die ganze Familie.

Ein Buch, in dem sie das Weihnachtsevangelium finden; die Geschichte jener großartigen Nacht von Bethlehem vor 2000 Jahren, wie sie die Bibel erzählt. Vielleicht haben Sie ja Lust, diese Geschichte gemeinsam in der Familie zu lesen; am Nachmittag des Heiligen Abend zum Beispiel, kurz, bevor das Christkind kommt.

Ein Buch mit Weihnachtselfchen? Was „Elfchen" sind, wird im Buch erklärt; wie man welche schreibt, auch. Die ganze Familie schreibt Weihnachtselfchen und liest sie sich gegenseitig vor - ein wunderbarer Gedanke.

Ein Buch mit Weihnachtstheater? Ja! Theater kann man nicht nur spielen, Theater kann man auch lesen. Das kurze Stück lädt dazu ein. Es lädt dazu ein, es zu lesen und ein wenig nachzudenken über das Gelesene. Lassen Sie uns gemeinsam dafür Sorge tragen, dass Weihnachten anders gefeiert wird als in diesem durchaus kritisch gemeinten Theaterstück.

Am Schluss steht eine Versöhnungsgeschichte. Versöhnung mit einem, dem meiner Meinung nach großes Unrecht geschieht. Aber lesen Sie selbst.

INHALT

24 WEIHNACHTSGESCHICHTEN
vom 01. bis 24. Dezember

1	Die Liebe lebt	9
2	Wenn viele sich einig sind …	14
3	Warum ihr mich mögen jetzt – die Geschichte von Artiom	18
4	Drei Perlen	21
5	Zuviel Tamtam um Weihnachten?	24
6	Monis Weihnachtswunsch	28
7	Florians erste Beichte	31
8	Danke, lieber Jesus!	33
9	Ein Schinken für Jesus	35
10	Basti und der große Pele	37
11	Ein Mittel gegen Bauchweh	39
12	Beste Freunde	41
13	Alles wird gut	43
14	Warum immer wir?	45
15	Pauls Papa	48
16	Man sieht nur mit dem Herzen gut	52
17	Papas Überraschung	54
18	Freunde wie ihr	57
19	Lebensretter Joseph Mohr	59
20	„Stille Nacht, heilige Nacht" entsteht	62
21	„Stille Nacht, heilige Nacht" erklingt zum ersten Mal	67

22. „Stille Nacht, heilige Nacht" erklingt
zum ersten Mal in einer Kirche 73
23. In einem Stall in Bethlehem 75
24. Verachtet und auserwählt: Die Hirten 77

DAS WEIHNACHTSEVANGELIUM
NACH LUKAS 80

WEIHNACHTSELFCHEN **82**
Elfchen zum Advent 83
Elfchen zur Heiligen Nacht 84
Elfchen zu Weihnachtsgestalten 86
Elfchen – Kritische Weihnachtsgedanken 88
Elfchen – Weihnachtsgefühle 89

WEIHNACHTSTHEATER
Weihnachten – das Fest der Liebe 91

EINE VERSÖHNUNGSBESCHICHTE
ZUM SCHLUSS:
Judas – schmutziger Verräter
oder bester Freund? 100

24 WEIHNACHTSGESCHICHTEN

01. Dezember: Die Liebe lebt

Es war kurz vor Weihnachten, als der Hass zur Liebe kam und hämisch grinsend verkündete: „Na, Liebe? Endlich ist es aus mit dir! Es gibt dich nicht mehr! Du bist tot! Die Liebe ist tot!" „Ich tot?", fragte die Liebe, ohne zu verstehen. „Ich bin nicht tot. Ich lebe! Die Liebe lebt!" Lachend spottete der Hass: „Ach ja? Meinst du? Dann schau dich doch mal um auf der Erde und du wirst sehen: Du bist tot. Die Liebe lebt nicht mehr. Es gibt keine Liebe mehr!"
„Das glaube ich nicht", erwiderte die Liebe. „Das glaube ich niemals. Die Liebe lebt. Die Liebe wird immer leben. Und ich werde es dir beweisen!" Damit machte sie sich auf den Weg zur Erde, um zu beweisen, dass es sie dort noch gab.
Sie kam als erstes nach Afrika, in ein Dorf, wo sie Kinder sah mit aufgeblähten Bäuchen, über deren Gesichter Fliegen krochen; Kinder, die Hunger litten und Durst und die noch nie im Leben etwas anderes kennen gelernt hatten. Die Liebe ging auf ein Kind zu, legte ihm den Arm um den Hals und fragte: „Kennst du mich? Ich bin die Liebe." Das Kind sah die Liebe mit großen traurigen Augen an und sagte: „Nein, ich kenne dich nicht. Ich habe die Liebe nie kennen gelernt."
Das machte die Liebe traurig. Sie hatte nicht geglaubt, dass es Kinder gab, die sie nie kennen gelernt hatten.

Aber die Liebe wollte nicht aufgeben, sie wollte weiter nach sich suchen.

Sie kam in ein Land, das vom Krieg zerbombt und verwüstet war. Menschen standen zusammen. Sie hatten Tränen in den Augen, manche weinten laut und schluchzten. Die Liebe kam näher und sah, dass die Menschen um ein Kind trauerten, das auf eine Mine getreten und dessen kleiner Körper zerfetzt worden war. Die Menschen waren die Familie des Kindes. Sie taten der Liebe Leid. Sie fragte: „Kennt ihr mich? Ich bin die Liebe." Der Vater des toten Kindes schaute die Liebe an mit einem Blick, in dem das Leid der ganzen Welt zu liegen schien. „Die Liebe?" wiederholte der Mann. „Die Liebe ist tot. Sie ist mit meinem Kind gestorben."

Die Liebe wurde immer trauriger. Sollte es sie wirklich nicht mehr geben? War sie wirklich tot? Sie kam in ein reiches Land; in ein Land, in dem die Menschen im Überfluss lebten und im Luxus.

Einen Mann im teuren Maßanzug, mit manikürten Fingernägeln und Krokodillederschuhen, der gerade aus einer riesigen Stretch-Limousine stieg, fragte die Liebe: „Kennst du mich? Ich bin die Liebe?" Der Mann stierte sie blöd an: „Was is? Hast du ´ne Macke?" „Ich fragte, ob du mich kennst", wiederholte die Liebe freundlich. „Ich bin die Liebe." „Die Liebe? Die kann mich mal, die Liebe. Die wirft keinen Profit ab, deshalb interessiert sie mich nicht, kapiert?" „Und", fragte die Liebe nach, „weißt du denn, ob es sie noch gibt, die

Liebe?" „Nun nerv hier nicht rum", blökte der Mann, „ich kenn diese blöde Liebe nicht. Ich bin ihr noch nie begegnet, und ich kenn hier eigentlich jeden. Also, hier gibt's die nicht, die Liebe, und jetzt mach dich vom Acker, sonst lernst du mich von meiner unangenehmen Seite kennen."

Die Liebe wollte nicht glauben, dass es sie in einem so reichen Land nicht gab. Sie wandte sich einer Frau zu, die, mit dem Rücken an eine Hauswand gelehnt, auf dem Bürgersteig saß. „Kennst du mich? Ich bin die Liebe", fragte die Liebe wiederum. Die Frau schaute zu ihr auf und schien irgendwie durch sie hindurchzusehen: „Liebe? Dass ich nicht lache. Ich sitze hier und bettle und fühle mich dabei wie der letzte Dreck. Ich habe keine Beine mehr, verstehst du? Eine Bettlerin ohne Beine und ohne Zukunft! Liebe? Kenn ich nicht. Hab ich nie kennen gelernt. Ich glaube nicht, dass es die hier irgendwo gibt. Hier gibt es jede Menge Gleichgültigkeit, Vorurteile, Arroganz; davon gibt's hier jede Menge. Aber Liebe? Nee, Liebe nicht."

Die Liebe ging weiter und traf auf einen Jungen mit dunkler Haut und schwarzen Kraushaaren. Seine Eltern waren aus Afrika gekommen und machten hier Arbeiten, für die die Einheimischen sich zu fein waren. Ihn fragte die Liebe: „Kennst du mich? Ich bin die Liebe." „Es tut mir Leid", antwortete der Junge leise und höflich, „aber ich kenne dich nicht. Ich habe vieles kennen gelernt - Beleidigungen, Ausländerfeindlichkeit, Hass, Spott. Sie haben mich Nigger genannt und

Schlimmeres. Sie haben mich bespuckt und geschlagen. Aber ich hab´s ausgehalten. Ich hoffe, ich werde es auch weiterhin aushalten. Aber die Liebe gibt es hier nicht. Ich hab zwar von ihr gehört, bin ihr aber nie begegnet. Und da ich viel rumgekommen bin, glaube ich nicht, dass es sie irgendwo gibt. Ich glaube, sie lebt gar nicht mehr. Ich glaube, die Liebe ist tot."
Die Liebe sank nieder auf den Boden, senkte den Kopf auf die Knie und weinte bittere Tränen. Plötzlich spürte sie eine Hand, die ihr zärtlich über das Haar streichelte. „Hey", sagte eine freundliche Kinderstimme, „was ist denn mit dir los? Warum weinst du?" Die Liebe blickte auf und sah in das freundliche Gesicht eines Kindes. Sie versuchte zu lächeln. Das Kind lächelte zurück und machte der Liebe einen Vorschlag: „Weißt du was? Du kommst mit zu mir nach Hause. Ich hab bloß vorher noch einiges zu erledigen. Kommst du mit?" Die Liebe nickte, und sie machten sich zusammen auf den Weg.
Zuerst gingen sie zum Supermarkt, wo das Kind die Einkäufe für einen alten Herrn im Seniorenheim erledigte. Sie brachten den Einkauf dort auch gleich vorbei, tranken mit dem alten Mann eine Tasse Tee, plauderten ein wenig mit ihm und versprachen, am übernächsten Tag wiederzukommen.
Anschließend ging das Kind mit der Liebe zum Krankenhaus, wo sie ein Mädchen besuchten, das am Tag zuvor operiert worden war. Es hatte keine Eltern mehr,

lebte im Waisenhaus, und das Kind munterte es mit einigen Späßen ein wenig auf.

Da sie schon mal im Krankenhaus waren, schauten sie kurz bei den Schwestern vorbei. Das Kind ging ins Schwesternzimmer, sagte einfach „Toll, dass ihr euch immer so nett um die Patienten kümmert", lächelte und verschwand wieder.

Die Liebe fühlte sich sehr wohl in Gesellschaft des Kindes. „Jetzt gehen wir zu mir nach Hause", meinte das Kind. „Dort lernst du meine Eltern und meine Geschwister kennen. Wenn du willst, kannst du mir helfen, die Geschenke für sie einzupacken. Du weißt ja, bald ist Heiliger Abend, und für mich ist es eine große Freude, anderen etwas zu schenken. Für das Altenheim bastele ich immer was. Macht 'ne Menge Spaß."

„Warum machst du das alles für andere Menschen?", fragte die Liebe. Das Kind überlegte: „Keine Ahnung. Darüber hab ich noch nie nachgedacht. Vielleicht, weil ich einfach die Menschen mag."

Die Liebe lächelte. Nun wusste sie, dass sie noch lebte. Solange es Menschen gab wie dieses Kind, so lange würde die Liebe nicht sterben. Und sie freute sich sehr auf das Gesicht des Hasses, wenn sie ihm sagen konnte: „Du hast dich getäuscht. Ich habe nachgesehen und jetzt weiß ich: Die Liebe lebt!"

02. Dezember: Wenn viele sich einig sind ...

Der Schneeball traf Amira mit voller Wucht mitten ins Gesicht. Der Stein, den sie in den Schneeball gesteckt hatten, riss ihr eine blutende Wunde in die Wange.
Es war Weihnachtszeit. Die Stadt war überzuckert von Schnee, romantisch und anheimelnd erstrahlten die Weihnachtsbeleuchtungen in den Straßen und in den Geschäften. Durch die Buden des Weihnachtsmarktes liefen Menschen mit roten Nasen – rot von der Kälte oder vom Glühwein.
Die drei jungen Männer mit den kahl rasierten Schädeln, in Lederjacken und Springerstiefeln, lachten laut und schlugen sich auf die Schenkel. Einer grölte: „Hast du gesehen? Ich hab die Alte voll in die Fresse getroffen! Cooler Wurf, was?" In ihren Händen schwangen sie Baseballschläger.
Amira war zu Tode erschreckt. Blut quoll zwischen ihren Fingern hervor, die sie auf die Wunde presste. Amira war fünfzehn Jahre alt; ein ganz normales fünfzehnjähriges Mädchen. Und doch war sie anders. Anders als die anderen. Amira war dunkelhäutig. Ihr Vater, leitender Ingenieur einer großen deutschen Firma, war Afrikaner. Aus dem Kongo. Ihre Mutter war Deutsche und Amiras Hautfarbe ähnelte mehr der ihres Vaters als der ihrer Mutter.
Die drei Männer schlugen sich mit ihren Baseballschlägern in die Hände und umringten Amira bedrohlich. Immer enger zogen sie den Kreis. „Du elendes

schwarzes Dreckstück", zischte einer und spuckte Amira ins Gesicht. Das Mädchen roch seinen widerlich stinkenden Atem. „Geh hin, wo du hingehörst. Hier ist Deutschland. Hier ist nur Platz für Deutsche. Deutschland den Deutschen, verstehst du?" „Aber – ich bin Deutsche", stieß Amira hervor. Die Angst drohte ihr die Kehle abzuschnüren. Die drei stand jetzt unmittelbar um sie.

„Du Deutsche?", bellte sie einer an und bespuckte sie ein zweites Mal. „Wir sind Deutsche, verstehst du? Und wir sind stolz, Deutsche zu sein! Du gehörst hier nicht her. Wir wollen Gesindel wie dich hier nicht haben. Wir wollen ein sauberes Deutschland! Lumpenpack wie du und deinesgleichen gehört hinausgejagt aus unserem Land!"

Plötzlich spürte Amira einen durchdringenden Schmerz, der ihr den Atem raubte, und sank zu Boden. Einer der drei hatte ihr seinen Baseballschläger mit aller Kraft von hinten in die Kniekehlen geschlagen. Das Mädchen kniete jetzt inmitten der drei Schläger. Tränen rannen über ihr Gesicht. Ihre drei Peiniger fanden das sehr lustig.

Benni hatte alles beobachtet. Benni war vierzehn und nicht sehr kräftig gebaut. Seine Freunde nannten ihn manchmal spaßhaft „Spargeltarzan", weil seine Figur nicht gerade bodybuildermäßig wirkte. Dieser schmächtige Junge überwand nun seine Angst, die ihn am ganzen Körper zittern ließ, nahm all seinen Mut zusammen und mischte sich ein! Geradezu flehentlich bat er die drei: „Bitte, lasst das Mädchen doch in Ruhe. Ihr habt doch euren Spaß gehabt. Nun lasst sie doch."

Ehe er reagieren konnte, klappte Benni zusammen wie ein Taschenmesser. Die Wucht des Schlages mit dem Baseballschläger in seinen Magen raubte ihm die Luft. Die drei Schlägertypen kriegten sich kaum ein vor Lachen. Einer baute sich vor dem auf dem Boden liegenden Benni auf und forderte: „Leck meine Stiefel, Negerfreund, und grüß mich mit >Sieg Heil<!" Bevor Benni auch nur nachdenken konnte, trat ihm einen anderer mit dem Stiefel in die Nieren, dass er laut aufheulte.

Die Leute in der Nähe waren aufmerksam geworden. Eine alte Frau kam näher, hob wild gestikulierend ihren Stock und schrie die drei Stiefelträger an: „Ihr elenden Lumpen! Ich habe Abschaum wie euch erlebt, damals, vor fast achtzig Jahren. Ich fürchte mich nicht vor euch, obwohl ich euch zutraue, auch eine alte Frau zusammenzuschlagen!" „Das wird nicht passieren", ließ sich ein junger Mann vernehmen. „Nazis sind feige! Und wenn ich mich so umsehe, haben sie eine ganz schöne Mehrheit gegen sich."

Die drei Glatzköpfe sahen sich umringt von einer Menschenmenge, die immer näher zusammenrückte. Die Übermacht, der sie sich gegenübersahen, ließ sie kleinlaut werden. „Ist ja schon gut, Mann", meinte einer leise, „ist ja schon gut. Wir gehen."

„Ihr geht nirgendwohin", sagte eine junge Frau sehr bestimmt. „Vorsätzliche gefährliche Körperverletzung wird die Polizei bestimmt interessieren." Einer der Gewalttäter hob drohend seinen Baseballschläger. Da umklammerte von hinten ein eiserner Griff seinen Arm. „Daran würde ich nicht mal denken", brummte der Zweimeter-Hüne, dem die umklammernde Hand gehörte. Mit einem Schmerzensschrei ließ der Kahlkopf seinen Schläger fallen. „Her mit den Knüppeln!", hörte man eine andere Stimme. „Nehmt ihnen endlich die Knüppel weg!"

„Nazis raus, Nazis raus!", begannen einige zu skandieren, und immer mehr stimmten ein. „Nazis raus, Nazis raus!", ertönte es hundertstimmig im Chor. Nun war es an den drei Stiefelträgern, vor Angst zu schlottern und ihre Schläger auf den Boden zu legen.

Nur wenig später war der Marktplatz von den Neonazis gesäubert. Die Polizei hatte nicht lange auf sich warten lassen, nachdem sie per Handy verständigt worden war, und hatte die braunen Widerlinge in Handschellen abgeführt.

Mehrere Passanten kümmerten sich um Amira und den mutigen Benni, die sich bei ihren Rettern bedankten. „Ihr schuldet uns keinen Dank", wehrte die alte Frau ab. „Wisst ihr, ich habe als ganz junges Mädchen erlebt, was passiert, wenn dieses braune Pack das Sagen hat. Das darf nie wieder passieren!"

Der Hüne mit der starken Hand bemerkte: „Es wäre so einfach, wenn die Friedfertigen zusammenhielten."

Und eine andere Stimme war zu hören: „Wir müssen aufhören, zuzusehen! Wir müssen uns einmischen! Immer und immer wieder! Wir müssen zusammenstehen gegen die Gewalt, an wem und wo auch immer! Wenn viele sich einig, haben die wenigen keine Chance!"

Amina war sprachlos, so etwas hatte sie noch nie erlebt. „Ich bin es gewohnt, verspottet, bespuckt und geschlagen zu werden", stammelte sie. „Aber heute ist zum ersten Mal jemand für mich eingetreten. Zum ersten Mal hat sich jemand für mich eingesetzt. Das ist ein großartiges Gefühl. Ich danke Ihnen allen!"

„Und ich hoffe", meldete sich die alte Frau noch einmal zu Wort, „dass das keine Ausnahme war, nur weil Weihnachten ist. Ich hoffe, dass Hautfarbe, Sprache, Religion oder was auch immer keine Rolle mehr spielen werden. Ich hoffe, dass wir uns in Zukunft immer erheben, wenn Unschuldigen Unrecht angetan wird. Und damit „Frohe Weihnachten" alle miteinander!"

03. Dezember: Warum ihr mich mögen jetzt
Die Geschichte von Artiom

Markus hat einen neuen Mitschüler: Artiom. Komischer Name. Artiom ist überhaupt komisch. Und anders. Er hat dunkle Haut, tiefschwarze Haare und dunkelbraune Augen. Kommt irgendwo aus Arabien oder so. Artiom kann kaum Deutsch. Nur ein paar Worte. Gerade genug, um sich einigermaßen zu verständigen. Kam kurz vor den Weihnachtsferien in die Klasse von Markus.

Markus und seine Freunde kümmern sich kaum um Artiom. Er ist ihnen egal. Was sollen sie denn mit einem, mit dem man nicht mal reden kann? Andere in der Klasse verspotten Artiom. Warum? Weil er anders aussieht als sie, weil er anders spricht als sie, weil er Ausländer ist.

Sie lachen und spotten über alle Ausländer. Sie sagen, sie seien stolz darauf, Deutsche zu sein. Markus fragt sich oft, wie man auf etwas stolz sein kann, für das man nichts kann. Stolz sein, meint Markus, kann man, wenn man gut Fußball spielt oder auf gute Noten. Dafür kann man was, dafür muss man was leisten. Aber man kann doch nichts dafür, wo man geboren ist.

Die, die so ausländerfeindlichen Quatsch verzapfen, können ganz bestimmt nichts dafür, dass sie in Deutschland geboren wurden.

Aber Markus sagt seine Gedanken nicht laut. Er mag sich nicht einmischen, wenn Artiom verspottet wird. Sollen sie ihn doch auslachen. „Hauptsache, sie lassen mich in Ruhe", denkt sich Markus.

Artiom schaut sie nur mit verständnislosen, großen, dunklen Augen an, wenn sie wieder einmal über ihn herziehen. Er kennt das schon. In der letzten Stadt, in der er wohnte, war es genauso: Spott, Beleidigung, Ausgrenzung.

Doch eines Tages wird alles anders: Letzte Stunde Sport. Heute ist Fußball angesagt. Als die Mannschaften gewählt werden, bleibt Artiom bis zuletzt übrig. Keiner will ihn in seiner Mannschaft haben. Murrend und widerwillig nimmt ihn schließlich eine Mannschaft auf.

Und dann geschieht etwas, womit keiner gerechnet hat: Artiom hat ein Ballgefühl, wie die anderen es noch nie erlebt haben. Er tritt den Ball nicht, er streichelt ihn mit dem Fuß. Beim Dribbling führt er die Kugel so eng, als klebe sie an seinem Fuß. Seine Flanken und Schüsse kommen immer ans Ziel. Artioms Mannschaft gewinnt das Spiel haushoch mit 7:0! Artiom schießt fünf Tore. Er ist der alles überragende Spieler.

Und siehe da: Plötzlich klopfen ihm alle auf die Schulter, sagen, das nächste Mal würden sie ihn in ihre Mannschaft wählen, laden ihn für den Nachmittag auf den Bolzplatz ein.

Artiom freut sich zwar, dennoch sehen seine Augen traurig aus. Leise, in seinem holprigen Deutsch, fragt er: „Warum ihr mich mögen jetzt? Ich bin selber Junge wie vorher. Zuvor ihr mich nicht gemocht."

Betreten, beschämt, verlegen schauen die anderen zu Boden. Und Artioms Worte hängen wie Anklagen in der Luft.

04. Dezember: Drei Perlen

Für Steffi würde es heuer wohl kein besonders heiteres Weihnachtsfest. Sie atmete ganz tief durch, als ihr alles noch einmal durch den Kopf ging. Steffi lebte zusammen mit ihren Eltern und ihren beiden älteren Geschwistern Kathi und Mark in einem gemütlichen Einfamilienhaus am Stadtrand. Es ging ihnen gut.
Aber gestern hatte Steffi etwas erfahren, was ihr Leben aus der Bahn warf: Ihre Eltern waren nicht ihre leiblichen Eltern! Ihre Mutter hatte sie nicht zur Welt gebracht hatte, ihr Vater war nicht bei ihrer Geburt mit dabei.
Steffi hatte im Schreibtisch ihres Vaters nach einer Schere gesucht und war dabei – blöder Zufall! – auf dieses Schreiben gestoßen, in dem stand, dass sie adoptiert war.
Steffi war wütend, enttäuscht, verunsichert, ratlos. Ihre Eltern waren nicht ihre Eltern? Wieso hatten sie es ihr nicht gesagt? Warum hatten sie es ihr verheimlicht? Und – wer waren ihre richtigen Eltern? Aber waren ihre richtigen Eltern überhaupt ihre richtigen Eltern? Was hieß da überhaupt „richtig"? Das Mädchen hatte das Gefühl, überhaupt nichts mehr zu wissen.
Ihre Geschwister hatten alles mitbekommen. Mark hatte sie in den Arm genommen und gelächelt: „Hey, es ist völlig wurscht, ob du adoptiert bist oder nicht. Du bist unsere Schwester. Basta!" Und Kathi hatte gemeint: „Unsere Eltern sind deine Eltern. Alles andere

spielt keine Rolle. Du bist Steffi, unsere Schwester, mit der wir leben und die wir lieben." Das hatte Steffi gefreut, aber nicht wirklich beruhigt. Wer war sie? Wer waren ihre Eltern?

Ihre Eltern, also, die, mit denen sie zusammenlebte, die ihre Familie bildeten, hatten versucht, mit Steffi zu reden, ihr alles zu erklären, aber Steffi hatte auf stur geschaltet und sie angeschrien: „Ihr seid nicht meine Eltern! Lasst mich in Ruhe! Ich will nichts mehr mit euch zu tun haben!"

Und jetzt hockte sie wie ein Häufchen Elend in ihrem Zimmer, bittere Tränen rannen ihr über die Wangen und sie meinte, alles Unglück dieser Erde sei über sie hereingebrochen. Was sollte das für ein Weihnachtfest werden?

Am Heiligen Abend war zunächst eigentlich alles wie immer. Eigentlich, denn jeder wusste, dass es doch ganz anders war. Trauriger.

Als Steffi am frühen Nachmittag die Geschenke für ihre Familie einpackte, musste sie wieder weinen. Es tat ihr alles so Leid. Sie liebte ihre Eltern und ihre Geschwister doch. Warum bloß war alles so schwierig?

Es klopfte an ihrer Tür und auf ihr „Ja?" hin kam ihr Vater ins Zimmer. „Steffi, ich weiß nicht recht, was ich sagen soll. Oder was ich tun kann. Darf ich dir ganz kurz etwas zeigen?" Auf ihr stummes Nicken hin setzte er sich neben Steffi auf die Couch und legte zwei weiße Glasperlen vor sich auf den Tisch. „Das sind Eltern, okay?" Das Mädchen verstand zwar nicht, was das nun werden sollte, aber ihr Papa würde sich schon was dabei denken. „Okay", murmelte sie leise.

„Und das", sagte ihr Vater und legte zwei rote Perlen dazu, „sind zwei Kinder – zwei Kinder dieser Eltern, auch okay?" Steffi verstand überhaupt nicht, worauf ihr Papa hinaus wollte, aber – nun gut, jetzt konnte sie sich das Ganze auch weiter anhören. „Ja, auch okay."

Ihr Vater legte eine dritte rote Perle dazu, genau so eine wie die beiden anderen. „Dann adoptieren die Eltern ein Kind. Jetzt haben sie drei Kinder, wieder okay?" „Wieder okay."

Ihr Papa nahm die drei roten Perlen in die Hand, legte die andere Hand darüber und schüttelte die Perlen durcheinander. Dann legte er alle drei Perlen auf die Couch und forderte Steffi auf: „Zeig mir das adoptierte Kind." „Das kann ich nicht", meinte Steffi, „die drei Perlen sind völlig gleich. Ich kann keinen Unterschied erkennen."

„Genau, Steffi", sagte der Papa nur, „ganz genau." Er legte den Arm um Steffi und drückte sie fest an sich. Und bevor er Steffis Zimmer wieder verließ, sagte er mit seltsam glänzenden Augen: „Ganz genau, Tochter."

Steffi hatte verstanden. Und ohne viele weitere Worte wurde es ein wunderbarer Heiliger Abend für Steffi - zusammen mit ihren Geschwistern und mit ihren Eltern.

05. Dezember: Zuviel Tamtam um Weihnachten?

Herr Auer hat heute einen Weg vor sich, auf den er lieber verzichten würde: Er muss zu Herrn Wolter, dem Klassenlehrer seines Sohnes Fabian. Also, was heißt, er „muss". Er könnte natürlich auch nicht hingehen. Aber Fabians Mutter, Frau Auer, ist der Meinung, dass es unbedingt nötig ist, sich bei Herrn Wolter mal über die schulischen Leistungen des Sohnes zu erkundigen; immerhin sei schon Dezember und das Schuljahr schon mehr als ein Vierteljahr alt. Und, meint Frau Auer, das sei Männersache. Und wenn sich Frau Auer was in den Kopf gesetzt hat, hütet sich Herr Auer, etwas dagegen zu sagen; er hat in dieser Beziehung doch schon die eine oder andere Erfahrung gemacht. Lieber geht er halt dann zur Sprechstunde. Man soll ja aus Erfahrungen lernen.

Eine Sache gibt es, die ihn an Herrn Wolter so richtig ärgert, und jetzt muss er ausgerechnet zu dem in die Sprechstunde! Die Sache, die Herrn Auer so ärgert, ist …

Ach was, spielen wir doch Mäuschen und schleichen uns ins Besprechungszimmer zu Herrn Auer und Herrn Wolter und hören einfach zu:

„Tja, Herr Auer", sagte Herr Wolter sehr freundlich, „das ist schon alles. Sie können wirklich zufrieden sein mit Ihrem Fabian. Eigentlich hätten Sie gar nicht kommen brauchen." „Na", antwortete Herr Auer, „das sagen Sie mal meiner Frau." Er zögerte. Herr Wolter sah ihn fragend an: „Gibt's noch was, Herr Auer? Haben Sie noch was auf dem Herzen?" Herr Auer gab sich einen Ruck: „Ja, Herr Wolter, es gibt da noch was. Etwas, über das ich mich sehr ärgere und das ich mir jetzt endlich von der Seele reden muss." „Na, das klingt ja geheimnisvoll. Dann schießen Sie mal los." „Es geht darum", legte Herr Auer los und wurde zunehmend lauter, „was Sie da für einen Tamtam veranstalten um dieses blöde Weihnachten. Wo in der Stadt ich auch hinkomme, berieselt mich diese bescheuerte Weihnachtsmusik, sehe ich bekloppte Bilder und Figuren und allen möglichen Unsinn zu Weihnachten. Und dann kommen auch noch Sie daher und haben in der Schule nichts Besseres zu tun, als diesen ganzen Weihnachtsquatsch mitzumachen. Nicht genug damit, dass Sie die Klassenzimmerwände vollknallen mit irgendwelchen Weihnachtsbildern, die die Schüler auch noch selber malen müssen! Nicht genug damit, dass im Musikunterricht kitschige Weihnachtslieder geträllert werden. Nicht genug damit, dass jeden Tag eine dämliche Weihnachtsgeschichte gelesen wird. Nicht genug damit, dass Sie im Klassenzimmer einen Adventskalender und einen Kranz und was weiß ich noch alles haben! Und nicht genug damit, dass es eine Weihnachtsfeier, einen Weihnachtsbasar und eine Weihnachtstheaterstückaufführung gibt! Nein, jetzt kommt der Fabian auch noch nach Hause und fragt mir ein Loch in den Bauch, wie wir früher Weihnachten gefeiert haben, weil Sie gesagt haben, die Schüler sollen sich nach Weihnachtsbräuchen von früher erkundigen!"

Herr Auer redete sich immer mehr in Rage; sein Kopf glühte feuerrot. „Ich hab ihn satt, diesen Zirkus, der um Weihnachten veranstaltet wird, dieses ewige Tamtam um Weihnachten! Ruhe gehört zu Weihnachten, Ruhe und Besinnlichkeit, verstehen Sie!", schrie Herr Auer jetzt in voller Lautstärke. „Ich verstehe schon, was Sie meinen," antwortete Herr Wolter bedächtig und leise, „ich habe früher auch mal so gedacht. Bis ich mir überlegt habe, was wir eigentlich feiern an Weihnachten, nämlich das Großartigste, das jemals auf dieser Welt passiert ist: Da wird einem Paar ein Kind geboren, arm, armselig, in einem Stall, weil man sonst nirgendwo Platz für sie hatte. Aber dieses Kind ist nicht irgendein Kind, nein, dieses Kind ist der Sohn Gottes, dieses Kind bringt uns die Erlösung, dieses Kind verändert die Welt, verändert unser aller Leben mehr als irgendjemand vor oder nach ihm. Dieses Geschehen von damals möchte ich am liebsten hinausschreien, damit es auch wirklich jeder hört. Hinausschreien: Jesus ist geboren! Und jeder soll es wissen, und jeder soll es hören, und jeder soll es sehen! Und deswegen, Herr Auer, deswegen finde ich es klasse, dass ich in jedem Schaufenster und in jeder Straße sehe und höre, dass Weihnachten ist; dass überall dieser Jesus willkommen geheißen wird; dass überall die Freude erkennbar wird darüber, was damals geschah. Lassen

Sie es uns jedes Jahr wieder feiern, dieses wunderbare Geschehen in jener Nacht zu Bethlehem. Und lassen Sie uns Jesus Jahr für Jahr wieder begrüßen mit viel „Tamtam", wie Sie es nennen. Ich sage mit viel Fröhlichkeit, mit Musik, mit geschmückten Fenstern und so weiter und so weiter. Sollen wir denn den Erlöser der Welt verstecken? Seine Ankunft verbergen? Ich denke nicht! Und deshalb, Herr Auer, werden wir alle Jahre wieder zu Weihnachten Theater spielen, Basare veranstalten, Geschichten erzählen, singen und uns daran erinnern, wie Weihnachten früher gefeiert wurde."

Während dieser Rede war Herr Auer ganz ruhig geworden. Und leise, ganz leise, sagte er: „Ich danke Ihnen, Herr Wolter. Ich verabschiede mich jetzt und geh schnell noch etwas Weihnachtsschmuck einkaufen. Soll doch schließlich ein wenig Weihnachtsstimmung aufkommen in dieser Zeit, nicht wahr? Und heute Abend gibt´s eine Weihnachtsgeschichte bei uns zu Hause. Ich danke Ihnen sehr, Herr Auer, dass Sie mir ein wenig die Augen geöffnet haben über Weihnachten. Auf Wiedersehen."

Herr Wolter lächelte Herrn Auer hinterher und war – zumindest für den Moment – mit sich und der Welt sehr zufrieden.

06. Dezember: Monis Weihnachtswunsch

Es waren gerade einmal noch vier Tage bis zum Heiligen Abend, als Moni siedend heiß einfiel, dass sie dem Christkind noch keinen Wunschzettel geschrieben hatte. Also: Höchste Zeit! Moni hatte heuer keinen besonders großen, keinen wertvollen oder teuren, aber einen für sie ganz wichtigen Wunsch. Sie kramte ihre Schreibsachen aus der Schultasche und schrieb so schön sie konnte:

Liebes Christkind,
ich weiß, dass du zurzeit sehr viel zu tun hast, deshalb schicke ich dir meinen Wunschzettel mit einem Luftballon, damit du ihn nicht abholen brauchst. Nur ein einziger Wunsch steht dieses Jahr drauf: Ich hätte so gern einen Teddybären, den ich ganz lieb haben kann; weißt du, so einen richtig schönen, schokoladenbraunen mit großen dunklen Augen. Ich freue mich schon sehr auf Weihnachten und sende dir ganz liebe Grüße.
Deine Moni

Sicherheitshalber schrieb sie ihre Adresse darunter und band den Brief an den roten Gasluftballon, der bei ihr im Zimmer unter der Decke hing. Im Garten ließ sie den Ballon steigen und schaute ihm hinterher, bis er nur noch ein winziger roter Punkt war und endlich dem Blick Monis ganz entschwand.

Was Moni nicht mehr mitbekam war, dass der rote Luftballon langsam seine Kraft verlor. Er sank tiefer und tiefer, bis er schließlich an den Ast eines Baumes stieß. Es gab einen Knall - und der zerplatzte rote Ballon samt Monis Wunschzettel lag auf dem Boden.
Gelandet war beides im Garten eines alten, einsamen Mannes. Eine ganze Woche lag der Ballon dort, neben ihm der Wunschzettel und keiner fand ihn. Am Ersten Weihnachtsfeiertag, dem Tag nach dem Heiligen Abend, schlenderte der alte Mann durch seinen Garten, betrachtete die Winterlandschaft und dachte an früher, als seine Kinder noch zu Hause wohnten und die ganze Familie miteinander Weihnachten feierte. Doch das war lange her. Seine Kinder waren erwachsen, hatten ihre eigenen Familien und dachten an ihn, den alten Vater, kaum noch. Seine Frau war vor einigen Jahren gestorben und so hing er nun allein seinen Erinnerungen nach. Und mitten hinein in seine wehmütigen Gedanken drängte sich nun Monis zerplatzter Ballon und der daran hängende Wunschzettel.
Der Mann bemerkte den Luftballon, hob ihn auf und betrachtete den Zettel genauer, doch er konnte ihn kaum noch entziffern. Schließlich aber brachte er doch den Namen und die Adresse heraus und den Wunsch; den Wunsch nach einem Teddybären.
Moni hatte inzwischen mit ihrer Familie Weihnachten gefeiert und es war feierlich und schön wie jedes Jahr gewesen. Naja, vielleicht nicht ganz so schön. Moni hatte viele wunderbare Geschenke bekommen: ein

ferngelenktes Spielzeugauto, das tolle Geräusche machen konnte; eine neues Computerspiel; flotte Sachen zum Anziehen und noch einige Kleinigkeiten, nur eines nicht: keinen Teddy. Noch nicht einmal einen winzig kleinen. Moni freute sich sehr über ihre Geschenke, aber ein klein bisschen traurig war sie auch, dass ihr Brief das Christkind wohl doch nicht erreicht hatte.

An Silvester, dem letzten Tag des Jahres, klingelte bei Moni zu Hause der Postbote. Moni saß in ihrem Zimmer, spielte mit den schönen Geschenken, die er vom Christkind bekommen hatte und dachte mit ein bisschen Wehmut im Herzen an den Teddybären, den sie sich so sehr gewünscht und den sie doch nicht bekommen hatte. Plötzlich rief ihre Mama sie: „Moni, du hast ein Päckchen bekommen." Das konnte sich Moni nun gar nicht erklären. Wer schickte ihr denn ein Päckchen? Na, mal sehen! Komisch - Absender stand keiner drauf. Neugierig machte Moni sich ans Auspacken. In der großen Schachtel sah sie zunächst einmal nur eine Menge Papier. Was darin wohl eingewickelt war? Da - jetzt fühlte sie etwas. Ja, was kam denn da zum Vorschein? Das konnte doch nicht sein! Ein Teddy! *Ihr* Teddy! Genau so, wie sie ihn sich gewünscht hatte: richtig schön, mit schokoladenbraunem Fall und großen, dunklen Augen; ein Teddy zum Liebhaben! Aber von wem konnte der denn sein? Moni las den Zettel, der im Päckchen lag:

Liebe Moni,
vielen Dank für deinen Brief. Ich hoffe, du hast mit dem Teddy viel Freude. Ich wünsche dir und deiner Familie alles Gute für das neue Jahr.

Damit stand für Moni fest: Auch das Christkind kann sich mal verspäten! Dass der Teddy von dem alten Mann war, hat Moni nie erfahren. Die Beiden lernten sich auch nie kennen. Der alte Herr aber war glücklich, dass er einem anderen ein wenig Freude hatte schenken dürfen. Und Moni erinnerte sich an ein Gedicht, das ihr ihre Mama mal beigebracht hatte:
Freude machen, das macht Spaß!
Andern was schenken, das wär´ doch was!
Und wenn der andre dann vor Freude lacht,
freust du dich auch,
weil Freude machen Freude macht!

07. Dezember: Florians erste Beichte

Die Weihnachtszeit ist eine gute Zeit, mal über sich selbst nachzudenken. Was man gut gemacht hat, was man anders oder auch gar nicht hätte tun sollen. Dazu passt die Geschichte von Florian:
Dem Florian ging ganz schön die Düse. Am nächsten Tag sollte er zum ersten Mal zur Beichte gehen. Er hatte bald Erstkommunion und da musste man halt vorher gebeichtet haben. Sie hatten das auch ganz gut

gelernt, beim Herrn Pfarrer in der Schule. Dass man erst mal gut nachdenken soll, was man alles nicht so toll gemacht hat. Und was man besser oder anders hätte machen sollen. Und dass man sich einen Vorsatz nehmen soll. Das war alles ganz okay für den Florian. Wenn bloß der Beichtstuhl nicht wäre. Naja, eben, dass er im Beichtstuhl alle seine Sünden dem Herrn Pfarrer sagen sollte.
Als Florian mit seinem Papa darüber sprach, musste der ein wenig lachen. Aber er lachte den Florian nicht etwa aus, nein, er lachte, weil es ihm als Kind ganz genauso erging. Der Papa erzählte dem Florian, was er damals gemacht hat:
„Weißt du, ich hab mir einfach vorgestellt, dass ich direkt mit Jesus rede. Das tu ich oft, auch heute noch, wenn es mir schlecht geht, aber auch, wenn ich mich über irgendetwas recht freue. Oder auch einfach nur so. Und genauso habe ich es bei meiner ersten Beichte gemacht. So, als wäre der Herr Pfarrer gar nicht da und ich würde direkt mit Jesus sprechen."
Dieser Rat gefiel dem Florian gut, denn er redete auch oft mit Jesus. Ihm erzählte er alles; auch das, was er keinem anderen sagen würde.
Als am nächsten Tag der große Moment gekommen war, war dem Florian gar nicht mehr mulmig zu Mute. Er betrat den Beichtstuhl und kniete sich hin: „Im Namen des Vaters und des Sohnes und des Heiligen Geistes. Heute ist meine erste Beichte. Also, Jesus, ich ..." „Äähhh", unterbrach ihn der Herr Pfarrer, „ich

bin´s doch bloß, der Herr Pfarrer." Da mussten beide laut lachen. Und so oft kommt das ja nicht vor, dass im Beichtstuhl gelacht wird. Die Beichte selbst ging Florian dann locker von den Lippen. Naja, kein Wunder, wirklich schwere Sünden hate er ja nicht.

Als er aus dem Beichtstuhl kam, schauten ihn seine wartenden Mitschüler komisch an. Später fragte ihn sein bester Freund Semir: „Also sag mal, ihr habt ja richtig laut gelacht, der Herr Pfarrer und du. Was gibt's denn beim Beichten bloß zu lachen?" „Ach, weißt du", grinste Florian, „mit dem Herrn Pfarrer hatte das weniger zu tun. Aber mit meinem Jesus; mit dem kann ich nämlich in den eigenartigsten Situationen lachen. Manchmal sogar im Beichtstuhl."

08. Dezember: Danke, lieber Jesus!

Ob Papa kommen würde? Schließlich hatte Moni heute Geburtstag. Sie wäre fast eine „Christkind" geworden; manche Leute nennen Kinder so, die genau am 24. Dezember, am Heiligen Abend, geboren sind. Aber es wurde bei Moni dann doch der 21. Dezember. Und so hatte Moni heute, drei Tage vor Weihnachten, Geburtstag.

Die Geburtstage hatten sie immer alle gemeinsam gefeiert. Bis Papa wegging. Mama und er sagten, sie könnten nicht mehr zusammen leben. Und Papa zog aus. Seitdem sprachen die Eltern nicht mehr miteinander. Darunter litten Moni und ihre beiden kleinen Brüder sehr. Mama sagte, sie wolle den Papa nicht mehr sehen. Aber heute war doch Monis Geburtstag. Ob Papa kommen würde?

Er kam nicht. Was kam, war ein Päckchen von Papa; ein Geburtstagspäckchen. Aber Moni machte es nicht auf. Es interessierte sie nicht, was drin war. Sie wünschte sich nur, dass Mama und Papa sich wieder verstehen würden.

Am nächsten Nachmittag betete Moni im Schülergottesdienst: „Ach, Jesus, mach doch, dass Mama und Papa sich wieder verstehen. Dass sie nicht mehr miteinander leben wollen, kann man wohl nicht ändern. Aber sie können doch wenigstens miteinander reden. Sie sind doch beide meine Eltern, und ich hab sie beide so lieb! Ich will auch wieder mit Papa zusammen sein können. Bitte, Jesus, hilf, dass sie sich wieder verstehen." Und schnell, bevor irgendjemand etwas bemerkte, wischte Moni sich eine Träne von der Wange.

Zwei Tage später, einen Tag vor dem Heiligen Abend, läutete es bei Moni zu Hause an der Tür. Papa! Papa war gekommen! Die Kinder stürmten auf ihn zu und fielen ihm um den Hals. Gar nicht mehr loslassen wollten sie ihn. Auch Mama begrüßte ihn freundlich. Sie setzten sich alle um den Wohnzimmertisch, die Kinder ganz nahe bei Papa. Der begann zu erklären:

„Ihr wisst ja, dass Mama und ich nicht mehr zusammen leben wollen. Oder können. Ich glaube, so genau wissen wir das selbst nicht. Aber wir haben lange miteinander geredet. Wir wollen auf keinen Fall, dass ihr mehr unter unserer Trennung leiden müsst als unbedingt notwendig."

„Und deshalb", schaltete sich Mama ein, „haben wir uns versöhnt. Wir werden uns trennen, aber wir werden Freunde bleiben. Und ihr, ihr werdet bei mir leben, aber der Papa kann kommen, wann immer er will und ihr könnt mit ihm zusammensein, so oft ihr wollt. Auf jeden Fall werden euer Papa und ich immer für euch da sein! Und den Heiligen Abend werden wir alle gemeinsam feiern."

Als sie im Bett lag, fiel Monis Abendgebet sehr kurz aus, und dennoch war es für sie das beste Gebet ihres Lebens: „Danke, lieber Jesus!"

09. Dezember: Ein Schinken für Jesus

Die ganze Klasse war sehr aufgeregt. Sie sollten nämlich heuer das Krippenspiel in der Schule aufführen, für Lehrer, Eltern und Mitschüler. Die Lehrerin, Fräulein Domel, hatte die Schüler gebeten, Sachen mitzubringen, von denen sie meinten, man könnte sie für das Krippenspiel brauchen. Und sie hatten eine Menge mitgebracht: Verena einen dunkelroten Samtumhang für die Maria, Kemal eine flauschige Wolldecke für das Jesus-Baby, Hanna und Songül eine ganze Reihe bunter Gläser als Geschenke der Heiligen Drei

Könige für den kleinen Jesus, Stefan und Jakob wertvoll aussehende Flaschen mit Badesalz als Weihrauch und Myrrhe. Naja, irgendwie schon ein wenig komisch, aber solche Sachen verwendeten sie jedes Jahr beim Schul-Krippenspiel. Fein säuberlich stand alles im Klassenzimmer auf der ersten Bank.

Aber statt nun die Rollen zu verteilen, begann Frau Domel zu erzählen: „Ich habe in den letzten Tagen ein Buch gelesen. Von Barbara Robinson. Es heißt >Hilfe, die Herdmanns kommen.< Die Herdmann-Kinder, von denen das Buch erzählt, sind die schlimmsten Kinder, die man sich nur vorstellen kann. Sie klauen, lügen und sind gewalttätig. Aber dann lernen sie in der Schule die Geschichte von der Geburt Jesu kennen. Und sie übernehmen alle Hauptrollen im Krippenspiel."

Die Kinder verstanden nicht recht, was Frau Domel eigentlich wollte. Die aber erzählte weiter: „Diejenigen von den Herdmann-Kindern, die die Heiligen Drei Könige spielen, schenken dem Jesus-Baby nicht Gold, Weihrauch und Myrrhe, sondern einen Schinken, weil sie denken, die heilige Familie hat bestimmt einen Riesenhunger. Und die Herdmann-Maria trägt keinen wertvollen Samtumhang, sondern einen schmutzigen alten Kittel, weil sie meinen, dass Maria und Josef wohl auch sowas getragen haben."

Und langsam begannen die Kinder zu verstehen: Gott hatte Jesus zu denen geschickt, die kein Badesalz besaßen und keine wertvollen farbigen Gläser; Gott hatte Jesus zu den Armen geschickt, zu den Rechtlo-

sen, zu den Verachteten. Für sie ist Jesus auf die Welt gekommen!
Die Klasse beschloss, statt des Krippenspiels die Geschichte von den Herdmanns vorzutragen. Mit verteilten Rollen.
Alle, die ein paar Tage später bei der Weihnachtsfeier dabei waren und die Herdmann-Geschichte hörten, waren tief beeindruckt. Und so manch einer ging an jenem Abend sehr nachdenklich nach Hause und dachte für sich: „Vielleicht habe ich erst heute, durch das Verhalten der angeblich so schlimmen Herdmann-Kinder, den Sinn von Weihnachten wirklich verstanden."

10. Dezember: Basti und der große Pele

Eines der wichtigsten Dinge in Bastis Leben war seine Fußballmannschaft. Basti war ein ziemlich guter Fußballer. Aber heute war er traurig. Bastis Mannschaft hatte es beim Weihnachtsturnier bis ins Endspiel geschafft, und in diesem Endspiel waren sie klarer Favorit gewesen. Aber es war anders gekommen. Sie hatten schlecht gespielt und verloren. Und deshalb haderte Basti mit sich, seiner Mannschaft und Jesus. Mit Jesus? Naja, Basti war Ministrant und redete oft mit Jesus wie mit einem richtig guten Freund. Und am Tag vor dem Turnier war er extra in der Kirche gewesen und hatte um den Sieg gebetet. Und was hatte es genützt? Nichts! Gar nichts! „Toll, Jesus, wirklich", schimpfte Basti leise vor sich hin. „Vielen Dank auch, dass wir verloren haben!"

Zu Hause lag auf Bastis Bett aufgeschlagen seine Fußballzeitung. Er blätterte sie durch und blieb bei einem Interview mit dem großen Pele hängen. Pele war vor vielen vielen Jahren der beste Fußballer der Welt, bis heute gilt er als vielleicht bester Spieler aller Zeiten: dreimal Weltmeister mit Brasilien! Mit siebzehn Jahren schon Nationalspieler!

Basti las, dass der Reporter den großen Pele gefragt hatte, ob er vor einem Spiel um den Sieg betete, als er noch aktiv spielte. Pele hatte gelächelt und als Antwort gegeben: „Ich bete, dass es meiner Familie gut geht, ich bete um Gesundheit, ich bete um Frieden, aber ich würde niemals um den Sieg bei einem Fußballspiel beten. Erstens geht es nur um ein Spiel. Kann das denn so wichtig sein, dass ich deshalb den lieben Gott belästige? Und zweitens: Wem soll Gott oder Jesus denn zum Sieg verhelfen, wenn auch die andere Mannschaft darum betet?"

Basti musste auch lächeln. Er verstand gut, was ein Weltstar wie Pele damit sagen wollte. In Zukunft würde er, wie bisher auch, bei seinem geliebten Fußballspiel alles geben, aber zum lieben Gott oder zu Jesus würde er nicht mehr um den Sieg beten. Und er blinzelte grinsend dem großen Pele, der ihn aus der Zeitschrift heraus anlächelte, mit einem Auge zu.

11. Dezember: Ein Mittel gegen Bauchweh

Julia hatte Bauchschmerzen. Sie fühlte sich so elend. Aber Julia war nicht krank. Es hatte einen anderen Grund, warum sie sich so schlecht fühlte. In der Schule war nämlich an diesem Tag etwas passiert. Mann, noch zwei Tage bis zu den Weihnachtsferien – und da musste dieser Mist passieren! Julia hatte Herrn Wolfs Schultasche versteckt. Herr Wolf war ihr Klassenleiter. Mit dem Tasche-Verstecken wollte Julia einen Spaß machen, aber Herr Wolf fand es gar nicht lustig. „Wenn ich nicht sofort meine Tasche bekomme, wird das die ganze Klasse büßen!", brüllte er, dass den Schülern himmelangst wurde. „Ich streiche euch die Weihnachtsfeier und die Klassenfahrt und auch sonst habt ihr nichts mehr zu lachen, das garantiere ich euch."
Nach diesem Wutanfall von Herrn Wolf hatte Julia sich nicht mehr getraut zuzugeben, dass sie die Tasche hinten im Schrank des Klassenzimmers versteckt hatte. Herr Wolf fand die Tasche schnell und ebenso schnell fand er einen Schuldigen: Tom! Tom, der dauernd irgendwas anstellt. Für Herrn Wolf war klar: Nur Tom konnte die Tasche versteckt haben! Dessen Unschuldsbeteuerungen nützten gar nichts, machten Herrn Wolf eher noch wütender. Der Lehrer schleppte Tom zum Direktor und dort ging es wohl ziemlich hef-

tig zu, denn Tom hatte, als er zurückkam, rotgeweinte Augen.

Ja, und nun lag Julia mit Bauchweh und einem ganz und gar miesen Gefühl auf ihrem Bett und wusste nicht, was sie tun solle. Sie wollte doch nicht, dass Tom der Leidtragende war. Sie hatte nur einen ganz harmlosen Spaß machen wollen. Aber jetzt war es zu spät. „Ach, Jesus, was soll ich denn bloß tun? Ich hab das alles doch nicht gewollt." Julia redete oft so mit Jesus. Und ganz oft half es ihr. Auch heute schoss ihr plötzlich ein Gedanke in den Kopf: „Geh hin und sag, wie es wirklich war. Sei ehrlich!" Mit einem Ruck setzte Julia sich im Bett auf. Das Bauchweh war wie weggeblasen! Sie wusste jetzt, was sie tun musste!

Am nächsten Morgen vor Unterrichtsbeginn packte sie den verdutzten Tom am Arm und zerrte ihn, der überhaupt nicht wusste, wie ihm geschah, in Richtung Lehrerzimmer. Dort klopfte sie und fragte, ob sie Herrn Wolf sprechen könne. Tom stand noch immer völlig bedeppert daneben und hatte keine Ahnung, was da ablief. Herr Wolf kam zur Tür und bevor er irgendetwas sagen konnte, legte Julia ihr Geständnis ab und entschuldigte sich sowohl bei Herrn Wolf als auch bei Tom. Und dann war sie nur noch froh und unsagbar erleichtert, endlich die Wahrheit gesagt zu haben.

Herr Wolf reagierte toll und lobte Julia für den Mut, ihren Fehler eingestanden zu haben. Aber das war für Julia jetzt gar nicht so wichtig. Viel wichtiger war für sie, dass Tom ihr nicht böse war. Und dass sie sich getraut hatte, ehrlich zu sein. Und dass sie wusste, dass sie mit ihrem Jesus immer und über alles richtig gut reden konnte! Und sie war froh, dass die Weihnachtsfeier doch stattfinden würde!

12. Dezember: Beste Freunde

Lukas und Jewgeni sind die besten Freunde, die man sich vorstellen kann. Aber zurzeit haben sie gewaltig Krach miteinander. Im Sportunterricht spielten sie vor einigen Tagen Fußball und dazu mussten zwei Mannschaften gewählt werden. Weil Jewgeni ein richtig guter Fußballer ist, war er einer von den beiden, die wählen durften. Und weil Jewgeni eine möglichst starke Mannschaft haben wollte, wählte er statt Lukas Jonas. Und das nahm der Lukas ihm so übel, dass er sich schwor, nie mehr im Leben mit Jewgeni auch nur ein einziges Wort zu reden! Das wiederum konnte Jewgeni überhaupt nicht verstehen und die beiden hatten sich ganz übel beschimpft. Von wegen „Weihnachten – das Fest der Liebe"! Es war gerade dritter Advent, und der Heilige Abend rückte näher. Aber dafür hatten die Beiden im Moment keinen Gedanken. Sie schauen sie sich nicht einmal mehr an! Auf dem Heimweg von der Schule, den sie immer gemeinsam gegangen sind, benutzt heute jeder eine andere Straßenseite.
Jewgeni gehen viele Gedanken durch den Kopf: Wie toll sie immer miteinander gespielt und wie gut sie sich

verstanden haben. Und jetzt ist alles vorbei! „Ach, lieber Jesus", seufzt Jewgeni in Gedanken, und es ist ihm gar nicht bewusst, dass er betet, „lass doch den Lukas wieder mit mir reden. Schließlich ist er daran schuld, dass wir nicht mehr miteinander sprechen. Ich fang nicht als erster wieder an. Das muss schon der Lukas machen. Aber lass es ihn doch bitte, bitte tun!"
Aber Lukas tut es nicht! Drei Tage geht das nun schon so. Kein Wort haben sie seitdem miteinander geredet, obwohl sie beide sehr darunter leiden.
Im Religionsunterricht erzählt der Herr Kaplan heute von Jesus. Der hat immer verziehen. Und er hat gesagt, dass auch wir verzeihen sollen. Er imponiert Jewgeni mächtig, dieser Jesus. Was hätte er wohl an Jewgenis Stelle getan? Er wäre bestimmt zu Lukas hingegangen und hätte mit ihm geredet, da war sich Jewgeni ganz sicher. Und leise beginnt er zu beten: "Jesus, bitte hilf mir, dass ich mich traue und heute nach der Schule mit dem Lukas rede." Und auf einmal wird Jewgeni ganz froh. Er freut sich schon auf den Heimweg von der Schule, denn er hat sich etwas vorgenommen.
Als Lukas, als er Jewgeni sieht, wieder die Straßenseite wechselt, läuft Jewgeni ihm nach, streckt ihm die Hand entgegen, sieht ihm in die Augen und fragt zögerlich: „Können wir wieder gut sein?" Lukas nimmt Jewgenis Hand, drückt sie fest und umarmt den Freund: „Mann, bin ich froh, dass du das sagst! Ich wollte schon lange wieder gut sein mit dir, aber ich

habe mich nicht getraut, etwas zu dir zu sagen, weil ich dachte, dass du nichts mehr von mir wissen willst."
Den Arm jeweils um die Schulter des anderen gelegt, marschieren die Zwei frohgemut nach Hause. Und Jewgeni wird klar: Jesus ist nicht nur für uns da, wenn es um die großen Sachen wie Frieden oder Gerechtigkeit geht, sondern er ist immer und überall für uns da. Und wenn wir uns bemühen, genauso zu handeln, wie Jesus es getan hat, dann wird uns das zwar bestimmt nicht immer gelingen, aber zumindest versuchen sollten wir es! Und dieser Gedanke gibt dem Jewgeni ein richtig gutes Gefühl.

13. Dezember: Alles wird gut

Steffi ist ziemlich verzweifelt. Sie hatte doch so viel gelernt. Und jetzt, direkt vor den Weihnachtsferien, hat sie die Mathe-Probe zurückbekommen und eine Fünf kassiert. Wieder eine Fünf! In der wichtigsten Probearbeit ihres Lebens. Ja gut, es ist erst Weihnachten, und das Schuljahr dauert noch lange, aber wenn es so weitergeht, wird sie das Klassenziel nicht erreichen. Sie wird die Klasse wiederholen müssen. Eine Welt bricht für Steffi zusammen.
Dicke Tränen rinnen ihr übers Gesicht, als sie zu Hause Bericht erstattet. Und dann geschieht etwas, was für ihr späteres Leben ganz wichtig sein wird: Ihr Papa, von Beruf Diplom-Ingenieur und Abteilungsleiter in

einem großen Betrieb, nimmt sie liebevoll in den Arm: „Jetzt pass mal auf, Steffi. Ich möchte dir eine Geschichte erzählen. Eine Geschichte von einem jungen Ingenieur, der eine glänzende Karriere vor sich zu haben glaubte. Er arbeitete in einer Firma. Eines Tages wurde in einer anderen Firma eine Stelle als Abteilungsleiter frei. Eine Stelle, die der junge Mann unbedingt haben wollte. Und er war sich ganz sicher, dass er diese Stelle auch bekommen würde. Er sprach darüber mit seiner Frau, denn die beiden würden umziehen müssen, wenn er die neue Stelle bekommen sollte. Weit weg; weg von den Freunden, von den Bekannten, von der gewohnten Umgebung. Dennoch war die Frau einverstanden, denn sie wusste, wie wichtig ihrem Mann diese neue Stelle war. Aber ein anderer Bewerber wurde ausgewählt und bekam den Posten.
Der junge Mann war sehr unglücklich. Er zog seinen Mantel an und machte einen langen Spaziergang, weil er allein sein wollte mit seinen trüben Gedanken. Plötzlich stand er vor der Kirche. Es war kurz vor Weihnachten, in der Kirche stand ein großer Adventskranz. Der junge Ingenieur kniete sich in eine Bank und klagte Jesus seinen Kummer. Als er ein Vaterunser betete, blieb er an den Worten hängen „Dein Wille geschehe". Er nahm sich diese Worte sehr zu Herzen und fand Trost darin. Es war wohl der Wille des lieben Gottes, dass er diese Stelle nicht bekommen hatte. Und nun konnte der Mann die Entscheidung gegen ihn akzeptieren und fand seine innere Ruhe wieder.

Ein knappes Jahr später wurde eine Abteilungsleiterstelle in seiner Firma an seinem Heimatort frei. Er bewarb sich wieder, und diesmal bekam er den Posten. Er war jetzt auch Abteilungsleiter, und seine Frau und er hatten zu Hause wohnen bleiben können. Das ist jetzt viele Jahre her, die zwei haben inzwischen drei Kinder, und ich bin heilfroh, dass alles so gekommen ist!"

Steffi sieht ihren Vater mit großen Augen an und versteht. Der junge Ingenieur war er gewesen, ihr Papa. Und damals, vor vielen Jahren, war er genauso unglücklich gewesen wie Steffi jetzt. Das Herz wurde ihr leicht, denn sie wusste nun: Ich kann mich auf Jesus verlassen. Es wird immer alles gut. Und wenn der Weg, den Gott für sie vorgesehen hat, zweimal durch dieselbe Jahrgangsstufe führt, dann ist es eben so. Und es ist gut so.

„Danke, Papa", murmelt Steffi, gibt ihm einen dicken Kuss auf die Wange und nimmt sich fest vor, das kommende Schuljahr so gut zu meistern, wie sie kann. Und sie weiß: Alles wird gut.

14. Dezember: Warum immer wir?

Große Aufregung in der Klasse! Jakob, den alle nur Jack nennen, hat am Morgen von seiner Mama fünfzig Euro mit in die Schule bekommen. Die Klasse fährt nämlich nach den Weihnachtsferien ins Schullandheim, und jeder Schüler muss fünfzig Euro berappen. Und genau das will Jack jetzt tun, aber das Geld ist weg! Herr Merding, der Klassenlehrer, ist ratlos. Er fordert Jack auf, noch einmal genau nachzudenken, wo er das Geld aufbewahrt hat. „Ich bin mir absolut sicher, dass ich es in meiner Geldbörse hatte. Und die hab´ ich immer in meiner hinteren Hosentasche. Aber da ist sie nicht mehr. Irgendjemand muss sie mir rausgestohlen haben!"

Jack laufen Tränen über die Wangen. Sie sind nicht wirklich arm zu Hause, aber fünfzig Euro sind für Jack und seine Eltern schon eine Menge Geld; gerade, jetzt, so kurz vor Weihnachten, wo ja die Geschenke auch bezahlt werden wollen. Noch einmal durchsucht Jack seine Kleidung: Hosentaschen, Brusttasche des Hemds - nichts! Auch seine Jacke, die draußen vor der Klassenzimmertür hängt, wird noch einmal gefilzt. Nichts!

Die ganze Klasse hilft suchen: unter den Bänken, hinter dem Schrank, überall. Und überall: Nichts! Hermann schaut sogar im Waschbecken nach und Edda im Papierkorb. Aber die Geldbörse bleibt verschwunden.

Jacks Blick fällt auf Songül, ein türkisches Mädchen, das erst seit zwei Tagen in der Klasse ist. Songül hat noch keine Freunde gefunden und spricht nicht gut Deutsch.

Jack fällt ein, dass Songül in der Pause einmal ziemlich dicht hinter ihm stand. Natürlich! Und da hat sie ...

Jack ist sich ganz sicher: Da hat Songül ihm die Geldbörse geklaut! Er steigert sich so in diesen Gedanken hinein, dass er plötzlich laut schreit: „Die wars!" Er deutet mit dem Finger anklagend auf Songül. „Die Neue wars! Die Türkin! Die hat mir mein Geld geklaut!" Jack schreit sich richtig in Wut, Herr Merding kann ihn überhaupt nicht mehr beruhigen. Der Lehrer geht auf Songül zu und fragt leise: „Songül, weißt du, wo Jakobs Geld ist?" Das türkische Mädchen blickt Herrn Merding mit großen braunen Augen direkt ins Gesicht. Sie sagt nichts. Sie steht schweigend auf und hebt die Hände. So, als wollte sie sagen „Nein, ich weiß nichts von Jakobs Geld". Aber sie sagt nichts. Jack macht das nur noch zorniger: „Sie hat den Geldbeutel schon beiseite geschafft! Sie hat ihn irgendwo versteckt! Rück mein Geld raus, du elende Diebin!"
Dabei fuchtelt er wild mit den Armen in der Gegend herum. So wild, dass er seine Schultasche, die auf seiner Bank steht, hinunterstößt. Hefte, Bücher, Stifte, alles liegt auf dem Boden verstreut. Andi, Jacks Banknachbar, hilft ihm beim Aufheben der Sachen. Und hält plötzlich die Geldbörse in der Hand! Mit den fünfzig Euro drinnen!
Jack hatte die Geldbörse in eine innere Tasche seiner Schultasche gesteckt und nicht mehr daran gedacht. Herr Merding sieht Jack sehr ernst und lange an: „Ich glaube, du solltest dich jetzt in aller Form bei Songül entschuldigen." Jack schlurft zu seiner türkischen Mitschülerin, hält ihr die Hand entgegen und grummelt

leise: „Tschuldigung." Ins Gesicht sieht er Songül dabei nicht. Jack ist froh, als er wieder auf seinem Platz sitzt.

Songül sitzt schweigsam auf ihrem Stuhl. Wieder sagt sie nichts. Ihre Augen schimmern feucht, aber sie weint nicht. Stumm blickt sie in die Gesichter ihrer Mitschüler. So, als wollte sie ohne Worte fragen: „Warum immer wir? Warum werden immer wir Ausländer verdächtigt? Nur, weil wir anders aussehen als ihr? Weil wir eine andere Sprache sprechen? Weil wir andere Sitten und Gebräuche haben? Warum immer wir?"

Und obwohl Songül nichts sagt, scheinen diese Fragen unausgesprochen in der Luft des Klassenzimmers zu hängen und auf den Schülern zu lasten wie schwere Gewichte.

15. Dezember: Pauls Papa

Paul hat einen richtig guten Freund. Er heißt Mahmud, aber alle nennen ihn Mecki. Wie gesagt: Paul und Mecki sind ganz dicke Freunde. Ungefähr so wie Winnetou und Old Shatterhand, hat Pauls Papa mal gesagt. Paul meint, eher wie Harry Potter und Ron Weasley.

Pauls Papa konnte Mecki immer gut leiden, bis Paul zu Hause erzählt, dass Mecki aus einem fremden Land kommt. Paul weiß nicht einmal, aus welchem Land. Es ist ihm auch egal. Mecki ist sein bester

Freund, und es spielt für Paul überhaupt keine Rolle, woher er kommt. Aber Pauls Papa reagiert komisch. „Ein Ausländer?", schreit er. „Dieser Mecki ist ein Ausländer? Mit einem Ausländer spielt mein Sohn nicht! Du wirst dich ab sofort nicht mehr mit diesem Typen treffen!"

Paul versteht gar nichts. Solange sein Papa meinte, Mecki sei Deutscher, war alles in Ordnung. Wieso jetzt nicht mehr? Er ist doch derselbe wie vorher.

Paul ist wütend auf seinen Vater. Was meint der eigentlich? „Von mir aus könnte Mecki vom Mars stammen!", denkt Paul. „Er wäre auf jeden Fall mein Freund! Und er wird es bleiben!"

Später versucht Paul, nochmal mit seinem Papa zu reden, aber der bleibt stur wie ein Panzer: „Mit Ausländern wollen wir nichts zu tun haben!" „Das ist doch Blödsinn im Quadrat", schreit ihn Paul an. „Und dein Verbot, dass ich mich nicht mehr mit Mecki treffen darf, kannst du dir an den Hut stecken!"

Au! Das war ein wenig zu heftig. Paul bekommt drei Tage Hauarrest aufgebrummt. Das juckt ihn allerdings im Moment wenig. Er ist fest entschlossen, sich seine Freundschaft zu Mecki nicht verbieten zu lassen. Und wie's im Leben manchmal so ist, kommt Paul der Zufall zu Hilfe.

Am übernächsten Morgen will Pauls Papa wie jeden Tag mit dem Auto zur Arbeit fahren. Er ist auf das Auto angewiesen, denn es ist ziemlich weit bis zu seiner Arbeitsstelle und Bus oder Bahn fahren nicht hin. Aber heute springt und springt der Motor nicht an. Naja, kein Wunder. Draußen ist es bitterkalt. „Dezemberkalt", hat Paul gegrinst.

Pauls Papa versucht es immer und immer wieder, er schimpft, er flucht, aber alles hilft nichts: Der Motor macht keinen Muckser. Paul beobachtet seinen Vater vom Fenster aus; er hat noch ein wenig Zeit, bevor er los muss zur Schule.

„Kann ich Ihnen helfen?", hört Pauls Papa plötzlich eine tiefe Stimme hinter sich. Er dreht sich um und blickt in ein paar freundliche braune Augen. „Kennen Sie sich mit Autos aus?", fragt Pauls Papa. „Ein bisschen", antwortet der freundliche Fremde. „Darf ich mal einen Blick auf den Motor werfen?" Natürlich darf er. Pauls Papa ist nämlich bei allem, was mit Autos zu tun hat, ein ziemlicher Dünnbrettbohrer.

Der fremde Mann öffnet die Motorhaube, und fast sieht es aus, als wolle er in den Motor hineinkriechen. Nach kurzer Zeit erscheint sein lachendes Gesicht hinter der Motorhaube. „Versuchen Sie mal zu starten", fordert er Pauls Papa auf.

Der dreht den Zündschlüssel herum – und schon beim ersten Versuch läuft der Motor! Pauls Papa fällt ein ziemlicher Felsbrocken vom Herzen, weil er nun doch noch rechtzeitig zur Arbeit kommt. „Ich danke Ihnen vielmals", sagt er zu dem Fremden. Der lächelt: „Aber ich bitte Sie. Das war doch selbstverständlich." Pauls Papa widerspricht: „Nein, das war es ganz und gar nicht. Ein anderer hätte sich einfach nicht darum gekümmert, was da los ist." Er kramt seine Geldbörse hervor. „Bitte nehmen sie als kleines Dankeschön …" Wieder lächelt der Unbekannte und unterbricht ihn: „Aber ich bitte, das kommt doch nicht in Frage. Es hat mich gefreut, Ihnen helfen zu können. Auf Wiedersehen. Und Frohe Weihnachten." Und ehe Pauls Papa etwas erwidern kann, ist der hilfsbereite Mann um das nächste Hauseck verschwunden. „Ja, äh", murmelt Pauls Papa, „Frohe Weihnachten ebenfalls", obwohl der hilfsbereite Fremde längst weg ist.

Während sein Vater noch vor sich hin grübelt, kommt Paul zu ihm ans Auto. „Was hast du denn mit Meckis Papa zu tun gehabt?", fragt er unschuldig. Pauls Papa bleibt vor glatt der Mund offen stehen. Als er ihn wieder zubringt, stottert er: „Da-da-das war Meckis Pa-pa-pa-pa?"

Paul grinst bis hinter die Ohren. Er hat natürlich genau mitbekommen, was sein und Meckis Papa miteinander zu tun hatten. „Ja klar", sagt Paul, „das war Meckis Papa. Hast du das nicht gewusst?" Pauls Papa wird ganz kleinlaut und kratzt sich verlegen hinter dem Ohr. „Tja", druckst er herum, „ich glaube, ich werde Meckis Papa heute Abend besuchen und mich bei ihm entschuldigen. Dafür, dass ich schlecht über ihn gedacht und geredet habe, ohne ihn zu kennen. Dann kann ich mich auch gleich noch einmal bedanken."

Paul dreht sich um und will sich auf den Weg in die Schule machen, als sein Papa ihm hinterherruft: „Ach, Paul! Spiel doch heute Nachmittag mit Mecki wieder

Fußball. Und wenn ihr wollt, kommt ihr danach zu uns nach Hause. Ich mache euch beiden einen guten Kakao." Und ganz kleinlaut fügt er hinzu: „Der Hausarrest ist natürlich aufgehoben." Und noch leiser, aber schon so, dass Paul er hören kann, grummelt er: „Tut mit Leid, Paul."
Paul lächelt still vor sich hin. Sein Papa ist doch ganz in Ordnung. Und Meckis Papa auch. Und Mecki sowieso. Und ob jemand Ausländer ist oder nicht, das ist Paul eh völlig schnurzpieptotalegal!

16. Dezember: Man sieht nur mit dem Herzen gut

Dani hat eine neue Klassenkameradin: Reni. Die ist total nett und in der Schule ziemlich gut. Alle mögen sie, weil Reni immer gut drauf und für jeden Spaß zu haben ist. Natürlich auch für jeden Unsinn!
Danis Hobby ist Fußball. Viele aus der Klasse spielen Fußball. Und da beginnt Renis Problem. Reni hat nämlich einen körperlichen Nachteil: Sie ist kleinwüchsig. Sie ist nur halb so groß wie andere Kinder in ihrem Alter. Renis Beine sind so kurz, dass sie nur kurze Strecken gehen kann. Deshalb wird sie nie im Verein Fußball spielen können, das weiß sie. Das ist auch ihren Freunden klar. Das ist auch gar nicht so schlimm für Reni – ist halt so! Aber sie möchte so gern als Fan dabei sein, wenn die anderen ihre Spiele austragen.

Mit Schal und Mütze und Trompete und Fahne! Aber das geht ja nicht. Wie soll sie denn immer zum Sportplatz rauskommen? Ihre Eltern haben keine Zeit, sie jedes Mal rauszufahren. Radfahren kann Reni nicht. Und zu Fuß ist es viel zu weit für sie.
Diese ganze Geschichte kriegt Herr Balder mit. Das ist Renis und Danis supernetter Klassenleiter. Geheimnisvoll munkelt er: „Lasst mich mal machen. Ich glaube, ich hab eine Idee."
Als die Fußballspieler sich das nächste Mal auf dem Sportplatz treffen, taucht plötzlich Herr Balder auf. Was der hier wohl will? Neugierig blicken ihm die Fußballer entgegen. Herr Balder winkt ihnen, zu ihm zu kommen. „Ich glaube, ich habe eine kleine Weihnachtsüberraschung für euch. Besonders für Reni!", grinst er. Er öffnet die Heckklappe seines Kleinbusses und im Kofferraum steht – ein Rollstuhl! „Den hab ich von der Sozialstation. Ihr könnt ihn dort ausleihen, sooft ihr wollt. Und damit", lächelt Herr Balder, „könnt ihr ab jetzt die Reni immer rausschieben zum Fußballplatz. Das heißt, wenn sich jemand findet, der sie schiebt."
Na, und ob sich jemand findet! Laut schreiend und grölend läuft die ganze Bande mit dem Rollstuhl zu Renis Haus. Sie läuten Sturm. Und ehe man sich's versieht, hat Reni es sich schon bequem gemacht im Rollstuhl. „Na los, ihr lahmen Krücken", lacht sie, „ab mit Karacho! Wow, ist das cool!"

Seit diesem Tag sitzt Reni nicht mehr allein zu Hause, wenn ihre Freunde Fußball spielen. Und die Fußballmannschaft hat in Reni ihren treuesten Fan. Irgendjemand ist immer da, der Reni mit dem Rollstuhl abholt. Aber meistens ist es Dani. Dani und Reni – das ist echte Freundschaft!

Einmal fragt ein Mitschüler Dani, warum sie das macht – die Reni durch die Gegend schieben, Zeit opfern, sich um Reni kümmern und so. Und da fällt Dani etwas ein, was sie mal gelesen hat. In einem dünnen kleinen Buch mit dem Titel „Der kleine Prinz". Ganz genau erinnert Dani sich nicht mehr, aber so ungefähr hieß es da an einer Stelle, dass wir nur mit dem Herzen gut sehen können. Und dass das wirklich Wichtige für die Augen unsichtbar ist. Aber eben nicht für unsere Herzen, weiß Dani. Und immer, wenn sie Reni ansieht, hat Dani das Gefühl, dass sie jetzt mit ihrem Herzen schaut. Denn die Reni, die ist wirklich wichtig für sie.

17. Dezember: Papas Überraschung

Michaela, genannt Mickey, träumt von einer großen Karriere Fußballerin. Leider kann sie nicht in einem Verein spielen. Mickey wohnt in einemkleinen Dorf, der nächste Verein ist weit entfernt in der Stadt. Und ihre Eltern können sie nicht zum Training fahren, weil sie arbeiten müssen. So spielt Mickey tagtäglich unermüdlich mit ihrem Bruder Benedikt und ihrer Schwester Sabine im Garten.

Was ihnen fehlt, ist ein Fußballtor. Es ist langweilig und nervend, als Torpfosten immer zwei alte Turnschuhe aufzustellen. Die haben ja nicht mal eine Querlatte! Und die Geschwister beschweren sich dann immer: „Der Schuss war zu hoch!" „Über´s Tor!" Das nervt Mickey ganz schön, aber was soll sie machen? Sie hat schon versucht, selbst ein Tor zu bauen, aber das ist nichts geworden. Es war schief und krumm und hat überhaupt nichts ausgehalten und ihre Geschwister haben sich darüber kringelig gelacht.

Eines Tages kommt Mickeys Papa grinsend von der Arbeit nach Hause. Mickey kennt dieses Grinsen. Es bedeutet, dass der Papa sie mit irgendwas necken will. „Was ist denn los?" fragt Mickey. „Du hast doch irgendwas."

Der Papa tut ganz unschuldig: „Ich? Was soll ich denn haben? Wie kommst du denn darauf?" Aber Mickey gibt nicht nach: „Nun komm schon, Papa. Immer wenn du so grinst, führst du irgendwas im Schilde." Jetzt muss der Papa lachen: „Also gut, ich bin durchschaut. Aber du musst schon raten, worum es geht."

Das passt Mickey nun gar nicht: „Aber wie soll ich das denn erraten? Ich hab doch überhaupt keine Ahnung. Gib mir wenigstens einen Tipp." Der Papa gibt nach: „Also gut. Mein Tipp heißt Fußball."

Jetzt schaut Mickey dumm aus der Wäsche. Was kann der Papa denn nur meinen? „Gehst du vielleicht mit mir zu einem Spiel?" Der Papa wiegt den Kopf hin und her: „Klar, zu einem Spiel gehen wir auch mal in nächster Zeit. Aber heute meine ich das nicht." Mickey rät weiter: neue Fußballschuhe, vielleicht ein Lederball, aber alles ist verkehrt.

„Ich gebe auf", lacht sie. „Nun sag schon, was es ist." Papa lächelt. „Na", meint er, „vielleicht solltest du ja mal einen Blick in den Garten werfen."

Mickey springt auf und rennt hinaus. Und was steht da im Garten? Vielleicht hast du es dir ja schon gedacht: Ein Fußballtor! Aus Metallstangen mit einem richtigen Netz! Etwa drei Meter breit und vielleicht eineinhalb Meter hoch. Genau die richtige Größe. Mann, ein echtes richtiges Fußballtor!

Mickey rennt sofort los, um ihre Fußballschuhe zu holen. „He", schreit sie ins Haus, „Benedikt, Sabine, sofort rauskommen! Schnell! Ich muss euch dringend was zeigen! Nun kommt doch schon, ihr Lahmis!"

Auf dem Weg zurück in den Garten drückt sie dem Papa schnell ein Danke-Bussi ins Gesicht.

Und dann geht das Spiel aufs Tor los. Sogar Mama und Papa spielen mit. Und Mickeys Geschwister merken, wie gut ihre Schwester schießen kann. Von wegen immer zu hoch! Sie hat wirklich einen guten Schuss drauf.

Und irgendwann, da ist sich Mickey ganz sicher, klappt's auch mit einem Vertrag bei einer Bundesligamannschaft. Und wenn doch nicht? „Na und?", denkt sich Mickey und grinst, „dann suche ich mir halt einen anderen Beruf, der mir Spaß macht und spiel Fußball weiter im Garten!"

18. Dezember: Freunde wir ihr

Verena spielt in einer gemischten Mannschaft Fußball. Das bedeutet, dass Mädchen und Jungs miteinander spielen. Verena ist Mittelfeldspielerin. Sie spielt ziemlich gut und ist bei den anderen recht beliebt. Auch die Buben erkennen an, dass Verena eine gute Fußballerin ist.
Aber heute ist Verena traurig. Sie ist krank und liegt zu Hause im Bett. Nichts Ernstes, eine Erkältung eben, aber immerhin so, dass sie vom Arzt aus nicht aufstehen soll. Aber das ist nicht der Grund, warum Verena traurig ist. Der Grund ist, dass sie wegen ihrer Erkältung nicht Fußball spielen kann.
Heute ist das besonders schlimm, denn heute ist Pokalendspiel. Alle Spiele hat Verena in den vergangenen Wochen mitgemacht und hat sich mit ihrer Mannschaft bis ins Endspiel gekämpft.
Und heute, an dem Tag, an dem das große Endspiel steigt, ist sie krank! Ausgerechnet heute!
Schlapp und matt fühlt sie sich. Und der Gedanke, dass in einer halben Stunde ihre Mannschaft einläuft und sie nicht dabei ist, lässt es ihr gleich noch schlechter gehen.

Da geht leise die Tür zu Verenas Zimmer auf und ihre Mama spitzt herein. Sie lächelt: „Verena, ich habe mit unserem Hausarzt gesprochen. Er meint, wenn ich dich ganz warm einpacke, könntest du mit zum Fußballplatz fahren und vom Auto aus beim Endspiel zuschauen." So schnell es ihre müden Knochen erlauben, springt Verena aus dem Bett und der Mama um den Hals. Keine viertel Stunde später stehen sie im Auto neben dem Fußballplatz.

Verenas Mannschaftskameraden sind vor Überraschung von den Socken. Sie kommen alle ans Auto gelaufen und reden auf Verena ein.

Niki spricht schließlich aus, was alle sagen wollen: „Toll, dass du gekommen bist, Verena, und uns die Daumen drückst. Es ist ein gutes Gefühl, dass du da bist."

Verena wünscht allen ihren Freunden ganz viel Glück, ein tolles Spiel und möglichst einen Sieg.

Die folgende Stunde kostet Verena jede Menge Nerven. Es kommt ihr viel aufregender vor, nur zuschauen zu können, als selbst mitzuspielen. Fünf Minuten vor Spielende steht es 1:1. Verenas Mannschaft spielt überlegen, ihr Siegtreffer liegt geradezu in der Luft. Aber du kennst ja vielleicht den Spruch „Erstens kommt es anders, zweitens als man denkt". Und genau so kommt es dann tatsächlich:

Die Gegenmannschaft spielt einen schnellen Konter und erzielt den 2:1-Führungstreffer. Und ehe Verenas Mannschaft den Schreck verdaut hat, ist das Spiel zu

Ende. Die gegnerischen Spieler führen die reinsten Indianertänze auf vor lauter Freude. Verenas Freunde schleichen mit gesenkten Köpfen vom Platz. Langsam kommen sie auf Verena zu. „Tut uns Leid, Verena", sagen sie, „wir hätten gerne gewonnen – für dich!"
Aber Verena macht kein enttäuschtes oder trauriges Gesicht. Im Gegenteil: Sie sieht fröhlich und zufrieden aus.
„Wisst ihr", sagt sie zu den anderen, „gewinnen ist gut. Aber noch viel besser ist es, Freunde wie euch zu haben. Richtig gute Freunde!"
„Auf jeden Fall", rührt sich jetzt Verenas Mama, „deckst du dich jetzt erst einmal ganz fest zu und dann geht´s ab nach Hause!" Sie zwinkert mit ihrem linken Auge. „Und wenn die Verena wieder ganz gesund ist, dann lade ich euch alle zum Eisessen ein; als kleinen Ausgleich für den entgangenen Pokalsieg."

19. Dezember: Lebensretter Josef Mohr

(Die folgenden drei Geschichten aus:
K. Sauerbeck: Stille Nacht, heilige Nacht –
die Geschichte eines Liedes.)

Josef Mohr verfasste im Jahr 1818 als Kaplan im oberösterreichischen Oberndorf den Text zum wunderbarsten aller Weihnachtslieder, „Stille Nacht, heilige Nacht".

In dieser Zeit soll sich die folgende Geschichte zugetragen haben:

Es war während eines Dorffestes draußen am Fluss. Die Kinder balgten und tobt herum, und plötzlich, keiner wusste, wie es geschehen war, hörte man Schreie. Schreie, wie man sie nur in Todesangst ausstößt. Schnell bildete sich eine Menschentraube am Flussufer.

Der kleine Sandner Michael war in die reißenden Fluten gestürzt; er war es, der um sein junges Leben schrie. Aufgeregt standen die Menschen am Ufer, schrieen durcheinander, aber keiner half. Der Fluss schien geradezu mörderisch zu sein an dieser Stelle: wild, reißend, ein Strudel neben dem anderen, der einen unweigerlich in die Tiefe ziehen würde, wenn man einen Rettungsversuch wagte.

Und da kam der Kaplan Mohr angestürmt. Noch im Laufen warf er seine Schuhe fort und ohne jedes Zögern stürzte er sich in die lebensbedrohenden Fluten. Zentimeter um Zentimeter kämpfte er sich an den Buben heran, der in der Mitte des Flusses an einem herausragenden Felsen hing, sich verzweifelt festklammerte, aber doch langsam die Kraft aus Armen und Fingern entweichen fühlte.

Endlich war Mohr bei dem Buben angekommen, selbst fast am Ende seiner Kräfte und doch noch eine Unendlichkeit von dessen Rettung entfernt. Joseph packte den Jungen, er wusste selbst nicht wie, und warf sich wieder in die Fluten. Er kämpfte sich dem Ufer entgegen, wurde immer und immer wieder abgetrieben, bis ihm endgültig die Kräfte und mit ihnen das Bewusstsein schwanden.

Als er erwachte, lag er am Ufer, triefend nass und zitternd vor Erschöpfung.

Die Männer hatten ein Boot zu Wasser gelassen und im allerletzten Moment Mohr und den Buben aus dem Wasser gezogen. Der Bub lag neben Mohr, die Sandner-Eltern knieten links und rechts von ihrem Kind, beide von Weinkrämpfen geschüttelt. Als sie des Redens wieder mächtig waren, stürzten sie sich geradezu auf Joseph, übervoll des Dankes für die Rettung ihres Kindes.

„Unser Micherl wäre ertrunken", schluchzte die Frau unter Tränen, „wenn Sie ihn nicht herausgezogen hätten, Hochwürden! Sie haben unserem Buben das Leben gerettet" … „und dabei Ihr eigenes Leben riskiert", bekräftigte der Sandner. "Alle haben sie draußen gestanden und geschrien, aber Sie, Sie sind hineingesprungen in die reißenden Strudel und hätten dabei fast selbst Ihr Leben verloren!"

Und der Joseph? Der lächelte und sagte: „Aber ich bitte euch, das hätte doch jeder getan. Und das mit dem Leben riskieren, wisst ihr, das ist so eine Sache. Wenn der liebe Gott mich zu sich holen will, dann wird er das tun. Und solange es ihm gefällt, dass ich hierbleiben darf, soll es mir recht sein! Und nun hört auf, mir zu danken. Ich bin froh, dass dem Micherl nichts passiert ist. Alles Weitere war nichts weiter als Christen- und Menschenpflicht. Möge Gott euch und eure Familie schützen!"

Später meinte der Josef zu dem Vorfall ganz banal: „Das war ja alles viel zu viel der Ehre. Ich versuche doch nur zu tun, was ich tun muss. Obwohl mir schon sehr mulmig war, wie ich den Buben im Arm gehabt hab im reißenden Wasser. So ein guter Schwimmer bin ich ja nun auch wieder nicht. Aber mit dem rechten Gottvertrauen kann man vieles schaffen, was einem sonst vielleicht nicht gelingen würde."

20. Dezember: „Stille Nacht, heilige Nacht" entsteht

Im Oktober 1818 soll sich in Oberndorf die folgende dramatische Geschichte ereignet haben, in der wiederum Josef Mohr eine entscheidende Rolle spielt und die von den ersten Anfängen der Entstehung von „Stille Nacht, heilige Nacht" erzählt:

Maria, ein Mädchen aus dem Dorf, in dem Mohr als Kaplan tätig war, war schwanger geworden. Kein Mensch glaubte ihr, dass der Rupert, der als Knecht auf einem Hof arbeitete, sie vergewaltigt hatte. Ihr Vater hatte getobt und gedroht, sie vom Hof zu werfen, wenn sie, wie er sich ausdrückte, "den Balg zur Welt bringen" wollte.

Aber Maria konnte nicht anders. Es war ein kleines Menschenleben, das da in ihrem Bauch heranwuchs, und das konnte nichts dafür, dass es einem Akt brutaler Gewalt entstammte. Für Maria gab es keine andere Möglichkeit: Sie musste das Kind zur Welt bringen.

Daraufhin hatte der Vater sie aus dem Haus geworfen, jeder im Dorf hatte sie verachtet, keiner wollte mehr etwas mit ihr zu tun haben - bis auf einen: den Anton.

Anton war das, was man gemeinhin einen Sonderling nennt, einen komischen Kauz. Er lebte oben auf dem Berg und kam nur selten herunter ins Dorf. Und gerade er war es, der sich der Maria in ihrer Not annahm und ihr ein Dach über dem Kopf bot.

Als das Baby zur Welt kam, weigerte der Pfarrer sich, es zu taufen. Ein Kind der Schande! Joseph Mohr kümmerte das nicht; er taufte das Kind. Es war für die Maria so wichtig, dass ihr Kind getauft
wurde, und sie würde dem Joseph in alle Ewigkeit dankbar sein!

Der ganze Ort war tief beschämt, als der Rupert sich im Wirtshaus im Rausch verplapperte und die Wahrheit ans Licht kam: Er hatte die Maria auf brutalste Art und Weise vergewaltigt.

Marias Vater beteuerte ihr, wie Leid ihm alles tue, aber die Maria wollte nicht zurück auf den elterlichen Hof. Sie wollte bei ihrem Anton bleiben, den sie .inzwischen lieben gelernt hatte und der das Kind liebte wie sein eigenes.

Übrigens gaben sie ihrem kleinen Buben Joseph, worüber der Kaplan sich sehr freute.

Ab und zu stieg der Joseph hinauf auf den Berg zu den dreien, plauderte ein wenig, betrachtete mit liebevollen Blicken den Kleinen und genoss das Glück der kleinen Familie.

„Das Kind ist mir ans Herz gewachsen, als wär' s mein eigenes, Hochwürden", sagte einmal der Anton zu Joseph Mohr und fuhr fort: „Der kleine Wurm kann doch nichts für die Schlechtigkeit der Menschen. Und Ihnen, Herr Kaplan, Ihnen werden wir nie vergessen, dass Sie bereit waren, den Kleinen zu taufen, obwohl er doch ein Kind der Schande ist, wie sie im Dorf alle gesagt haben."

Maria ergänzte: "Und auch wenn unser Kleiner das Ergebnis einer furchtbaren Gewalttat ist, so ist er doch für mich das Liebste auf der Welt."

Und mit einem bezaubernden Lächeln in Richtung Anton fügte sie schnell hinzu: „Und gleich danach kommt mein Anton!"

Und obwohl Herr Hochwürden zusah, küsste sie den Anton so, wie man nur küsst, wenn man wirklich liebt. Als sie endlich ausgeküsst hatten, lächelte Joseph und wurde sehr nachdenklich. Leise, ganz leise, fast wie im Selbstgespräch, hörten sie ihn murmeln:

„Es ist ganz eigenartig, aber seit der ganzen Geschichte mit euch beiden und dem kleinen Joseph gehen mir ein paar Zeilen nicht mehr aus dem Sinn. Sie sind mir einfach so eingefallen, waren plötzlich da, als wären sie mir zugeflogen. Ich hab so etwas noch nie erlebt. Vielleicht ist es, weil ihr drei mich irgendwie an

die Heilige Familie erinnert, an Maria, Josef und den kleinen Jesus - Drei, grade so wie ihr: arm, keiner will sie haben, aber ehrlich und aufrecht. Und sie haben einander, so wie ihr euch habt."
Maria war hellhörig geworden: „Ein paar Zeilen, Hochwürden? Ein Gedicht?"
„Nun", erwiderte Mohr, „ein Gedicht würde ich es nicht nennen. Gedicht ist ein so großes Wort." „Aber", beharrte Anton, „ein paar Zeilen haben Sie
gesagt, Herr Kaplan. Tun Sie uns doch den Gefallen und lassen Sie sie uns hören."
Ein wenig zierte sich der Joseph: „Aber nein, Anton, es ist ja nichts; nichts als ein paar Gedanken eines unbedeutenden kleinen Kaplans."
Maria gab nicht nach: „Ich bitte Sie, Hochwürden, lassen Sie sie uns hören, diese paar Gedanken eines ganz und gar nicht unbedeutenden Herrn Kaplan, der so viel für uns getan hat und dem wir so viel verdanken. Seien Sie doch so gut!"
„Na gut", seufzte Mohr, „wenn ihr meint. Aber auslachen dürft ihr mich nicht."
Umständlich zog er einen zusammengeknüllten Zettel aus der Tasche, und im flackernden Licht des Ofenfeuers, das tanzende Schatten an die Wand zauberte, begann Joseph Mohr an jenem Oktobertag des Jahres 1818 zum ersten Mal jene Worte vorzulesen, die später - leicht verändert -
als Lied eine unglaubliche Reise um die ganze Welt antreten sollten:

„Stille Nacht, heilige Nacht,
alle schlafen, einsam wacht
nur ein wunderbares heiliges Paar,"
dazu ein Knabe mit lockigem Haar.
Schlafe in himmlischer Ruh;
schlafe in himmlischer Ruh."

Maria und Anton hatten sich ganz eng aneinandergeschmiegt und gebannt den Worten des Priesters gelauscht. Erst nach einer ganzen Weile waren sie in der Lage, sich dem Zauber dieser Stimmung zu entziehen.
„Das ist wunderbar, Hochwürden", sagte Maria ganz leise, wie um den Frieden nicht zu stören. „Ich wünschte, die ganze Welt hätte es hören können", murmelte der Anton.
„Nun hört aber auf, ihr zwei", wehrte Joseph ab. „Ihr macht mich ja ganz verlegen. Sind doch wirklich nicht mehr als ein paar Zeilen."
Als Joseph Mohr sich wenig später auf den Nachhauseweg hinunter ins Dorf machte, verabschiedete Maria ihn mit den Worten „Auf Wiedersehen,
Hochwürden, und danke. Vielen, vielen Dank!"
„Dank?", fragte Joseph verwundert, „Dank wofür?" Maria sah ihn an und flüsterte: „Für die Zeilen, Hochwürden, für diese wunderbaren Zeilen. Und
bitte, schreiben Sie es fertig, Ihr Gedicht."
Zu Anton, der hinter ihr stand, sagte sie, nachdem Joseph im Dunkel der hereingebrochenen Nacht verschwunden war: „Hast du's gehört, Anton? Wir erin-

nern ihn an die Heilige Familie. Wir drei unbedeutenden Menschlein." „Freilich hab ich's gehört, Maria", antwortete ihr der Anton. „Und es hat mich angerührt, ganz tief drinnen. So wie mich diese Geschichte von den dreien jedes Jahr aufs Neue anrührt; von den dreien, die keiner haben wollte, die nirgendwo willkommen waren und die doch die Welt zum Guten verändert haben wie nichts und niemand vor oder nach ihnen."

„Und da kommt dieser Mann", sinnierte die Maria, „und schreibt diese Zeilen!"

21. Dezember: „Stille Nacht, heilige Nacht" erklingt zum ersten Mal

Es war eine harte Zeit, damals, im Jahr 1818 im oberösterreichischen Oberndorf, wo Joseph Mohr seinen Dienst als Kaplan versah. Die Menschen waren arm, die Winter kalt. Und die Kirchenmäuse hungrig. Sie hungerten so sehr, dass sie den Blasebalg der Kirchenorgel anknabberten, so dass die Orgel nur noch jämmerlich seufzte, aber keinen vernünftigen Ton mehr herausbrachte.

Und so mussten sich Josef Mohr und sein Freund, der Lehrer und Musiker Franz Gruber, in der Christmette anders behelfen. Und erschufen „Stille Nacht, heilige Nacht.

Aber der Reihe nach: Da stand also nun Franz Gruber völlig verzweifelt in Josephs guter Stube und wusste nicht aus noch ein: Die Orgel machte keinen Mucks! Mild lächelte Joseph seinen Freund an:
„Ach, Franz, alter Schwarzseher, jetzt lass uns halt mal in aller Ruhe überlegen, was wir tun können." Na, da kam er dem Franz jetzt aber gerade recht.
„Tun? Was sollen wir denn tun? Gar nichts können wir tun! Die Mette müssen wir absagen; Weihnachten müssen wir absagen! Oje, oje, Joseph, was soll denn bloß werden?"
Obwohl ihm der Franz einerseits Leid tat, musste Joseph lachen: „Jetzt mal langsam, alter Freund. Also, Weihnachten absagen, das ginge mir dann doch ein wenig zu weit."
Er nahm seine Gitarre zur Hand und meinte: „Schau her, Franz, dieses gute alte Stück wird uns helfen, Weihnachten und die Christmette zu retten. Und dazu du mit deinem Bass und ich mit meinem Tenor, so werden wir das schon hinbringen!"
Franz schaute den Freund ungläubig an: „Mit der Gitarre?" „Ja, mit der Gitarre!" Joseph war von seiner Idee selber zunehmend begeistert: „Und vielleicht bringen wir ja sogar was Eigenes zusammen!" „Wie, was Eigenes? Ich glaube nicht, dass ich dich jetzt verstehe, Joseph." „Ein Weihnachtslied, meine ich, Franz. Unser eigenes Weihnachtslied!"
Franz sah ihn noch immer verständnislos an. Joseph sagte ernst: "Du kennst doch die Geschichte mit der

Maria, dem Anton und dem kleinen Joseph." Franz nickte: "Ja, freilich, wer kennt sie nicht. Der Rupert hat die Maria vergewaltigt und daraus ist ein Kind entstanden. Die Maria hat das Kind bekommen, obwohl ihr Vater sie deswegen vom Hof gejagt hat. Und der Anton, oben auf dem Berg, der hat die Maria und ihr Kind aufgenommen. Und du, Joseph, du hast das Kind getauft, weil es sonst keiner der geistlichen Herrn tun wollte. Wie könnt ich das vergessen, habe ich doch selbst die Violine dazu gespielt."

„Genau", bestätigte Joseph. „Und ich sag dir, Franz, seit dieser Geschichte gehen mir ein paar Gedichtzeilen nicht mehr aus dem Sinn. Erst waren es nur vier Zeilen, aber die Maria und der Anton haben gemeint, ich soll es fertig schreiben. Die Maria und der Anton, die mich zusammen mit ihrem Kind so sehr an die Heilige Familie erinnern. Und jetzt hab ich das Gedicht noch ein wenig verändert und fertig geschrieben, Franz. Vielleicht fällt dir ja eine Melodie dazu ein."

Gruber schüttelte langsam den Kopf: „Joseph, es ist eigenartig, und vielleicht glaubst du jetzt, dass ich spinn, aber ich hab seit ein paar Tagen eine Melodie im Kopf und kann nicht sagen, wie und woher. Aber sie ist da. Als hätte sie mir jemand eingegeben." Er summte vier Töne und der Joseph wusste nicht, wie ihm geschah: „Das gibt's doch nicht, Franz, das passt, das passt ganz genau! Hör dir das an." Und damit sang er auf die Töne von Franz zögerlich: "Stille Nacht, heilige Nacht."

Franz drängte: „Joseph, dein Gedicht, lass mich dein Gedicht hören!" Und der Joseph las vor, wobei der Franz auf der Suche nach der genau passenden Melodie manchmal mitsummte, den Kopf schüttelte oder auch nickte:

Stille Nacht, heilige Nacht!
Alles schläft, einsam wacht
nur das traute hochheilige Paar.
Holder Knabe im lockigen Haar,
schlaf in himmlische Ruh,
schlaf in himmlischer Ruh.

Stille Nacht, heilige Nacht!
Hirten erst kundgemacht,
durch der Engel Halleluja
tönt es laut von fern und nah:
Christ, der Retter, ist da,
Christ, der Retter, ist da!

Stille Nacht, heilige Nacht!
Gottes Sohn, oh wie lacht
Lieb aus deinem göttlichen Mund,
da uns schlägt die rettende Stund,
Christ, in deiner Geburt,
Christ, in deiner Geburt.

Franz hatte jetzt keinen Nerv mehr für Ruhe oder Besinnlichkeit: „Die ersten zwei Zeilen, Joseph", drängte er, „sag mir nochmal die ersten zwei Zeilen. Und gib mir was zu schreiben. Gib mir Feder und Tinte."

Und während Joseph die beiden ersten Zeilen noch einmal langsam wiederholte, schrieb der Franz und forderte schließlich den Freund auf: „Hör zu, Joseph, oder spiel gleich mit, wenn du kannst." Und ganz zögerlich und unsicher sangen die beiden zum ersten Mal die ersten beiden Zeilen des größten Weihnachtsliedes aller Zeiten:

„Stille Nacht, heilige Nacht! Alles schläft, einsam wacht …"

Und weil es so großartig klang, sangen und spielten sie es noch mal und gleich noch einmal.

„Weiter, Joseph, wie geht der Text weiter?", drängte Franz, und Joseph fuhr fort:

„… nur das traute, hochheilige Paar.
Holder Knabe im lockigen Haar."

Und wieder schrieb der Franz, und dann begannen sie zu singen, und der Joseph fiel mit der Gitarre ein, und es war ganz wunderbar.

Schließlich sprang Franz auf, packte das Blatt und rief dem Joseph im Hinauslaufen zu: „Ich komponier das fertig, Joseph, jetzt gleich renn ich heim
und komponier das fertig. Das wird unser Weihnachtslied! Die Christmette ist gerettet! Weihnachten ist gerettet! Wir singen unser Weihnachtslied, und du spielst dazu mit der Gitarre. Bis heute Abend, Joseph, heute Abend in der Kirche. Bis dahin wird ich die Melodie fertig haben. Und du, schreib den Text noch einmal

auf, dass wir ihn miteinander singen können. Und sei ein wenig früher in der Kirche, damit wir noch einmal üben können."

Und weg war er. Nein, noch nicht ganz, denn er steckte noch einmal den Kopf durch die Tür und sagte mit einem Zittern in der Stimme: „Mensch, Joseph, dieser Text! Woher hast du nur diesen Text? Der liebe Gott muss dich sehr lieben, wenn er dir solche Einfälle schenkt."

Und damit verschwand er endgültig und ließ einen sehr nachdenklichen Joseph Mohr zurück.

"Unser Weihnachtslied", murmelte der. "Wir haben unser eigenes kleines Weihnachtslied."

Und leise summte er die Melodie vor sich hin, während er noch einmal den Text aufschrieb, dessen Original ihm ja der Franz entführt hatte.

Ganz leise, zu sich selbst und doch an die Adresse seines Freundes, so, als könnte der ihn noch hören, flüsterte Joseph: „Lass uns den Menschen
hier ein Lied schenken, Franz. Ein Lied, das sie ergreift und erwärmt. Sie haben nicht viel, aber sie haben ihren Glauben. Den Glauben an die Geburt
unseres Herrgotts. Den Glauben an die Heilige Nacht. Lass uns den Menschen ein Lied schenken, Franz, wie die Welt es noch nicht gehört hat."

22. Dezember: „Stille Nacht, heilige Nacht" erklingt zum ersten Mal in einer Kirche

Bei der Mitternachtsmette des Jahres 1818 in dem kleinen österreichischen Ort Oberndorf waren die Besucher zunächst einmal sehr erstaunt, dass es keine Orgelmusik gab. Doch Gruber und Mohr umrahmten die Messe wunderbar mit Gitarrenbegleitung und Gesang, so dass der Ausfall der Orgel gar nicht so sehr ins Gewicht fiel. Zum Ende der Mette stimmten Joseph und Franz ihr Weihnachtslied an. Ihr „Stille Nacht, heilige Nacht". Gruber hatte seine Kinder den Refrain gelehrt, jeweils die letzte wiederholte Zeile jeder Strophe. Er selbst intonierte mit seinem wohlklingenden Bass die Unterstimme, während Joseph Mohr mit klarer Tenorstimme die Hauptmelodie sang und mit der Gitarre die Begleitung spielte. Die kleine Kirche erlebte eine Stimmung, die man eigentlich gar nicht beschreiben kann. Die Zuhörer waren zutiefst ergriffen von diesem Lied und seiner Botschaft von Frieden und Freude. An diesem Abend spürten sie Weihnachten tief in ihrem Inneren wie noch nie zuvor in ihrem Leben. So manche Träne bahnte sich ihren Weg, so manche Hand wurde gedrückt, so manch liebevoller Blick ausgetauscht. Noch niemals zuvor hatte man die Botschaft der Heiligen Nacht so spürbar erlebt. Man meinte dabei zu sein in der Nacht von Bethlehem, in der uns der Heiland geboren wurde.

Gegen halb zwei morgens verließen die Menschen langsam, nachdenklich und froh die Kirche. Es war eine sternenklare, bitterkalte Winternacht, aber in den Herzen der Menschen war es warm. Das Lied hatte die Kälte aus den Herzen vertrieben.

Der Stimmung folgend, die sie alle ergriffen hatte, stellten Mohr und Gruber sich am Ausgang der Kirche auf, um den Besuchern ein frohes Fest zu wünschen. Viele Menschen drückten ihnen einfach nur die Hand, manche umarmten sie und eine alte Frau flüsterte: „Was für ein Lied! Dieses Lied hätte es verdient, in aller Welt bekannt zu werden als das schönste Weihnachtslied, das es jemals gegeben hat."

Joseph und Franz, die beiden Freunde, lächelten einander zu angesichts eines solch naiven Wunsches. Kein Mensch ahnte damals, dass der Wunsch der alten Frau in Erfüllung gehen würde: Joseph Mohr und Franz Gruber hatten das wunderbarste Weihnachtslied aller Zeiten erschaffen - an einem Winternachmittag, in einer kleinen Kammer, aus der Not geboren. Ein Weihnachtslied, dessen Entstehungsgeschichte so wunderbar so wunderbar zu dem Geschehen passt, von dem es erzählt: zu dem Geschehen in der stillen, heiligen Nacht von Bethlehem vor zweitausend Jahren.

23. Dezember: In einem Stall in Bethlehem

Diese Geschichte beginnt vor ziemlich langer Zeit, ungefähr vor zweitausend Jahren. Sie spielt in dem Land, das wir heute Israel nennen.
In einer Stadt dieses Landes, in Nazareth, lebten eine Frau und ein Mann: Maria und Josef. Die beiden waren sehr glücklich miteinander, denn ihnen war das Schönste passiert, was zwei Menschen geschehen kann: Sie erwarteten ein Kind und freuten sich riesig darauf.
Damals herrschte der mächtigen Kaiser Augustus über unvorstellbar viele Menschen. Über wie viele? Keine Ahnung! Und damals hatte auch niemand eine Ahnung, wie viele Menschen eigentlich im Reich des Kaisers Augustus lebten. Das ärgerte den Kaiser sehr, denn er wollte die Anzahl seiner Untertanen wissen. Also beschloss er, sie zu zählen.
Aber wie sollte er das anstellen? Es waren doch so viele und sie waren über die halbe Welt verstreut! Nun, der Kaiser hatte eine Idee: Die Menschen sollten bei der Zählung mithelfen. Und damit man auch gleich wusste, woher die Leute stammten und möglichst keiner zweimal gezählt wurde, sollte jeder Mann in die Stadt gehen, in der er geboren war und sich dort im Rathaus aufschreiben lassen. Die Frauen und Kinder sollten mitgehen und sich ebenfalls melden.
Josef war in der Stadt Bethlehem geboren und musste sich also mit Maria zu Fuß dorthin auf den Weg ma-

chen, denn Autos, Eisenbahnen oder gar Flugzeuge gab es ja noch nicht. Da es ein ziemlich weiter Weg von Nazareth bis Bethlehem ist und Maria schwanger war, setzte Josef sie auf einen Esel und sie zogen los.
Wie gesagt, es war ziemlich weit, aber Maria und Josef ließen sich die gute Laune nicht verderben. Und schließlich, nach einigen Tagen, sahen sie, gar nicht mehr so weit entfernt, Bethlehem. Langsam wurde es schon dunkel und sie beeilten sich, in die Stadt zu kommen, um noch ein Zimmer in einer Pension oder Herberge finden zu können. Aber sie hatten Pech: Nirgendwo war mehr Platz für sie. Entweder waren alle Zimmer belegt oder sie waren zu teuer.
Als sie schon nicht mehr daran glaubten, noch einen Unterschlupf für die Nacht zu finden, hatte ein Wirt doch Mitleid mit dem Paar: „Das Haus ist leider voll, ich habe kein einziges freies Zimmer mehr. Aber wenn es euch nichts ausmacht, könnt ihr gerne im Stall übernachten. Dort ist es immerhin warm und ihr habt wenigstens ein Dach über dem Kopf. Der Ochse im Stall wird euch bestimmt nicht stören und euer Esel hat einen Kameraden." Maria und Josef waren bescheidene Leute ohne große Ansprüche. So nahmen sie das Angebot des Wirtes gern an und machten es sich im Stall bequem, so gut es ging.
In dieser Nacht geschah etwas ganz Wunderbares in dem Stall zu Bethlehem - das Großartigste, was überhaupt jemals auf der Welt passiert ist: Jesus, das

Christuskind, wurde geboren. Und Maria und Josef waren die glücklichsten Menschen auf der Erde.

24. Dezember: Verachtet und auserwählt: Die Hirten

Ich möchte Ihnen eine Geschichte erzählen, die ziemlich weit zurückliegt, so ungefähr 2000 Jahre. Und natürlich müssen Sie meine Geschichte nicht glauben. Wenn Sie zu den vernunftgesteuerten, rationalen Erwachsenen gehören, die immer alles erklären wollen, werden sie sie wohl eher nicht glauben. Haben Sie sich aber ein wenig Kindlichkeit bewahrt, ein wenig Fähigkeit zu staunen und ein wenig Hang zu Romantik, dann besteht eine Chance, dass sie sich doch glauben. Ein bisschen, wenigstens.
Wissen Sie, ich bin nämlich einer der Hirten, die dabei waren, damals, bei der Nacht von Bethlehem.
Sie wissen ja, der damalige Kaiser Augustus wollte all seine Untertanen zählen und deswegen hatte sich der Zimmermann Josef aus Nazareth auf den Weg in seine Geburtsstadt Bethlehem gemacht. Zusammen mit seiner hoch schwangeren Braut Maria.
Und dort in Bethlehem fanden sie nirgendwo Herberge, bis sie ein Gastwirt in seinem Stall übernachten ließ.
Und dann geschah in dieser Nacht in diesem Stall das Wunderbarste, das überhaupt jemals auf Erden ge-

schehen ist: Jesus, der Heiland, wurde geboren. Naja, und genau in jener Nacht lagerten wir draußen vor der Stadt mit unseren Schafen. Wie saßen zusammen am Lagerfeuer, erzählten uns Geschichten, machten Späße und sangen gemeinsam Lieder. Ein Junge, der kleine Uri, hatte damals ein ganz kleines Lämmchen, das er sehr sehr lieb hatte. Oft trug er es auf seinen Schultern, tollte mit ihm herum oder hielt es einfach streichelnd im Arm.

Und urplötzlich geschah etwas, das wir uns nicht erklären konnten: Es wurde ganz hell; es war ein angenehmes Licht und wir spürten überhaupt keine Angst, sondern fühlten uns unheimlich wohl und geborgen. Im Lichtschein sahen wir einen Engel, der zu uns sprach: „Heute Nacht wurde der Heiland geboren, Christus, der Herr. Das ist eine große Freude für die ganze Welt! Und ihr, die Hirten, seid die ersten, die es erfahren. Geht hin zum Stall und besucht das neugeborene Kind. Das Kindlein, seine Mama Maria und sein Papa Josef werden sich sehr freuen."

Mit diesen Worten verschwand der Engel; es wurde wieder dunkel und wir blieben ziemlich verdutzt zurück.

Aber es war keine Frage für uns: Natürlich wollten wir hingehen zu dem Baby, zum Christkind, wie der Engel es ihnen gesagt hatte. Aber - brauchten wir nicht ein Geschenk? Oh weh - was sollten wir arme Hirten einem neugeborenen Kindlein bloß schenken? Uri hatte eine Idee. Er wollte dem Baby das Liebste schenken, was er auf der Welt hatte: sein Lämmchen, damit es dem Christkind die Füße wärmen und später sein Spielkamerad sein konnte.

Als wir am Stall ankamen, beschlich uns ein ganz eigenartiges Gefühl. Wir spürten, dass diese Nacht eine Nacht war, wie es sie noch nie gegeben hatte. Ein Nacht, die die Welt verändern sollte wie kein Ereignis zuvor und keines danach.

Erst trauten wir uns gar nicht recht näher zu kommen, aber die große Freundlichkeit und Warmherzigkeit Marias und Josefs nahmen uns die Scheu, und zaghaft blickten wir in die Krippe mit dem kleinen Jesus. Uri drückte sein Lämmchen noch einmal ganz fest an seine Brust, rieb seine Wange an seinem weichen Fell und legte es dann zu Füßen des kleinen Jesus in die Krippe.

Ich stand direkt daneben, und man mag es kaum glauben, aber es kam mir so vor, als würde das neugeborene Kindlein den Hirtenjungen genau in diesem Moment anlächeln. Dem Buben, so erzählte er mir hinterher, wurde ganz leicht ums Herz, er wurde richtig froh und freute sich, sein Lämmchen dem Christuskind geschenkt zu haben.

Eine ganze Weile noch blieben wir im Stall, unterhielten uns mit Maria und Josef und blinzelten ab und zu zum Kindlein hinüber. Es war eigenartig, aber obwohl Maria doch gerade ein Baby zur Welt gebracht hatte, schienen wir Hirten sie gar nicht anzustrengen. Die beiden, Maria und Josef, waren einfach glücklich.

Nach einer Zeit verabschiedeten wir uns dann aber doch von der heiligen Familie, voller Stolz. und Freude darüber, dass wir Hirten die ersten waren, die dem neu geborenen Jesus einen Besuch abstatten durften Unser ganzes Leben lang erwärmte der Gedanke an die Freude, an den Frieden dieser wirklich heiligen Nacht unsere Herzen. Die Herzen der Hirten – verachtet, ausgestoßen, beschimpft von den Menschen, aber auserwählt von Gott!

Das Weihnachtsevangelium nach Lukas (2,1-20)

In jenen Tagen erließ Kaiser Augustus den Befehl, alle Bewohner des Reiches in Steuerlisten einzutragen. Dies geschah zum ersten Mal; damals war Quirinius Statthalter von Syrien. Da ging jeder in seine Stadt, um sich eintragen zu lassen. So zog auch Josef von der Stadt Nazareth in Galiläa hinauf nach Judäa in die Stadt Davids, die Bethlehem heißt; denn er war aus dem Haus und Geschlecht Davids. Er wollte sich eintragen lassen mit Maria, seiner Verlobten, die ein Kind erwartete.
Als sie dort waren, kam für Maria die Zeit ihrer Niederkunft, und sie gebar ihren Sohn, den Erstgeborenen. Sie wickelte ihn in Windeln und legte ihn in eine Krippe, weil in der Herberge kein Platz für sie war.

In jener Gegend lagerten Hirten auf freiem Feld und hielten Nachtwache bei ihrer Herde. Da trat der Engel des Herrn zu ihnen und der Glanz des Herrn umstrahlte sie.

Sie fürchteten sich sehr, der Engel aber sagte zu ihnen: „Fürchtet euch nicht, denn ich verkünde euch eine große Freude, die dem ganzen Volk zuteil werden soll: Heute ist euch in der Stadt Davids der Retter geboren; er ist der Messias, der Herr. Und das soll euch als Zeichen dienen: Ihr werdet ein Kind finden, das in Windeln gewickelt in einer Krippe liegt."

Und plötzlich war bei dem Engel ein großes himmlisches Heer, das Gott lobte und sprach: „Verherrlicht ist Gott in der Höhe und auf Erden ist Friede bei den Menschen seiner Gnade."

Als die Engel sie verlassen hatten und in den Himmel zurückgekehrt waren, sagten die Hirten zueinander: „Kommt, wir gehen nach Bethlehem, um das Ereignis zu sehen, das uns der Herr verkünden ließ."

So eilten sie hin und fanden Maria und Josef und das Kind, das in der Krippe lag. Als sie es sahen, erzählten sie, was ihnen über dieses Kind gesagt worden war. Und alle, die es hörten, staunten über die Worte der Hirten.

Maria aber bewahrte alles, was geschehen war, in ihrem Herzen und dachte darüber nach. Die Hirten kehrten zurück, rühmten Gott und priesen ihn für das, was sie gehört und gesehen hatten; denn alles war so gewesen, wie es ihnen gesagt worden war.

WEIHNACHTSELFCHEN

Elfchen sind Texte, Gedichte aus elf Wörtern – daher der Name. In der ersten Zeile findet sich ein Wort, das häufig (aber nicht unbedingt) das Thema vorgibt. In der zweiten Zeile stehen zwei, in der dritten Zeile drei, in der vierten Zeile vier Wörter. Die fünfte Zeile bildet wieder ein einziges Wort, das die Gedanken zusammenfassen, ein Fazit ziehen kann, aber nicht muss. Verbindliche Vorschriften gibt es außer der Wörteranzahl nicht.

Also eigentlich, und das ist das Schöne, ganz einfach:

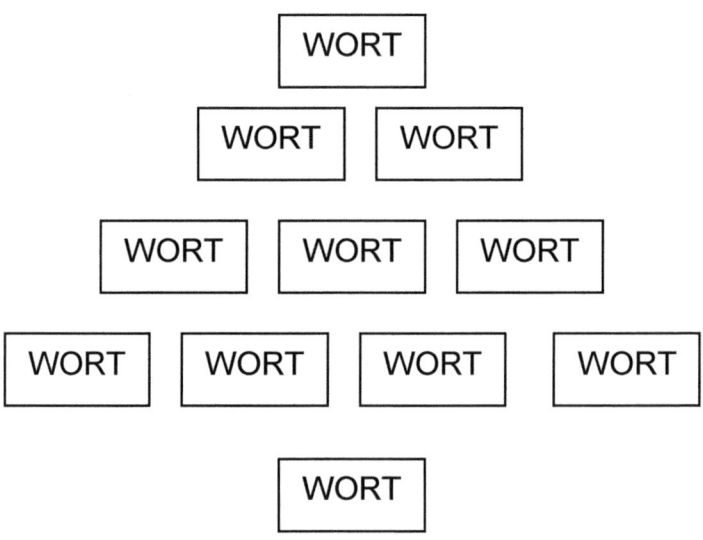

Nachfolgend finden sich einige Elfchen unterschiedlichster Art – von gefühlsschwelgend bis kritisch. Es wäre schön, wenn sie den einen oder anderen Leser (und natürlich Leserinnen) anregten, ein wenig nachzudenken über Weihnachten und das wunderbare Geschehen jener Nacht von Bethlehem und vielleicht sogar dazu, sich eigene Elfchen auszudenken und sie aufzuschreiben.

ELFCHEN ZUM ADVENT

Advent
heißt warten
und sich freuen
auf den der kommt
Christus

Advent
Christus kommt
Wir erwarten ihn
Die erste Kerze brennt
Vorfreude

Advent
Zwei Kerzen
brennen am Kranz
Seine Ankunft rückt näher
Erwartung

Advent
Drei Kerzen
brennen nun schon
Erhellen uns das Dunkel
Licht

Advent
Der Kranz
strahlt im Schein
von nunmehr vier Kerzen
Bald!

ELFCHEN ZUR HEILIGEN NACHT

Nacht
Heilige Nacht
Stille, heilige Nacht
Geborgenheit in Bethlehems Stall
Weihnacht

Gottesdienst
Späte Nacht
Alle Jahre wieder
das Herz zutiefst rührend
Christmette

Weihnachtslied
Stille Nacht
Trautes hochheiliges Paar
Kind in der Krippe
Weihnacht

Alles
ist anders
in dieser Nacht
hoffnungsfroh heimelig gefühlvoll anrührend
gut

Sternenklar
die Nacht
Über allem leuchtet
so hell Bethlehems Stern
Wundernacht

Zauber
einer Nacht
Der heiligen Nacht
alljährlich fühle ich mich
verzaubert

In
jener Nacht
so wunderbares Geschehen
Ich staune nur und
danke

Friede
und Freude
in heiliger Nacht
und der Wunsch nach
Unvergänglichkeit

ELFCHEN ZU WEIHNACHTSGESTALTEN

Nikolaus
Großer Kinderfreund
Alljährlich herzlich willkommen
in so vielen Familien
Güte

Weihnacht
Maria Joseph
und ihr Kind
Welch eine grandiose Harmonie
Familie

Maria
und Josef
Jesus mit dabei
Drei auf dem Weg
Willkommen

Hirten
Damals verachtet
und doch würdig
als Zeugen göttlicher Geburt
Auserwählte

Hirten
So arm
und doch auserwählt
Jesus kam besonders zu
euch

Weise
Weise Könige
Drei weise Könige
Weite Wege hinter sich
Angekommen

Ochse
und Esel
Tiere im Stall
verbreiten dort wohlige Wärme
Geborgenheit

Weihnachten
Geschnitzte Figuren
Krippe unterm Weihnachtsbaum
Jedes Jahr wieder wunderbare
Freude

ELFCHEN - KRITISCHE WEIHNACHTSGEDANKEN

Geschenke
zur Weihnacht
Gleichzeitig verhungern Kinder
in unserer reichen Welt
Unfassbar

Weihnachtsgans
Leckerer Braten
Fett triefende Finger
im Angesicht verhungernder Kinder
Mahlzeit

Armut
Nicht hier
Oder vielleicht doch
Teilen zur Weihnacht wäre
Toll

Gewalt
in Familien
am Heiligen Abend
Werden manche denn nie
Begreifen

ELFCHEN - WEIHNACHTSGEFÜHLE

Weihnachten
Wohlige Wärme
in den Wohnungen
und in den Herzen
Weihnachtswärme

Kälte
Wir frieren
Erwärme unsere Herzen
in dieser heiligen Zeit
Wärme

Kalt
ist es
draußen und drinnen
Schenke uns Wärme in
uns

Weihnachtszeit
Wunderbare Erinnerungen
an vergangene Kindheitstage
Und Freude über die
Gegenwart

Warten
auf das
Klingeln des Glöckchens
Spannung kaum zu ertragen
Damals

Heiligabend
Glänzende Kinderaugen
spiegeln freudige Erwartung
Wie ich diese Zeit
liebe

Kinderglaube
ans Christkind
erwartungsfroh und vertrauensvoll
erwärmt alljährlich mein Herz
Herzenswärme

Kinder
können wunderbar
glauben ans Christkind
Erwachsene wollen immer erklären
Schade

Weihnachten
Sieger über
Profitgier und Egoismus
Das Fest der Liebe
Erstaunlich

Angesichts
unseres Wohlergehens
vergessen wir nicht
das Kind im Stall
Hoffentlich

****

WEIHNACHTSTHEATER:

WEIHNACHTEN - DAS FEST DER LIEBE

**Ein Weihnachtsstück,
über das man ruhig ein wenig nachdenken sollte**

Vorbemerkungen:

*Das Stück ist sehr leicht aufführbar: Nur drei Personen; kaum Kulissen
Spieldauer: ca. 8 Minuten*

Das Stück lässt sich sehr gut in Mundart spielen.

*Personen:
Vater in Unterhemd und langer Jogginghose mit Hosenträgern
Tochter und Sohn, beide schon festtäglich gekleidet*

---

*Situation:
Später Nachmittag des Heiligen Abend. Vater und Sohn sind mit dem Schmücken des Christbaums beschäftigt. Aus einem Radio erklingt leise Weihnachtsmusik. Auf dem Tisch stehen mehrere leere Bierflaschen.
Vater (lässt Glaskugeln fallen, die zerbricht):*

Himmeldonnerwetter, so ein verdammter Mist aber auch! Das kommt nur von diesem unerträglichen schwachsinnigen Gedudel! Dreh jetzt auf der Stelle diesen Dreckskasten aus! Der macht mich ja noch total wahnsinnig mit seinem Scheißlärm!

Sohn:
Aber, Papa, das ist doch Weihnachtsmusik. Ich mein, schließlich ist ja heute Weihnachten …

Vater:
Das ist mit doch furzegal, ob Weihnachten ist oder sonst irgendwas! Ich soll diesen bescheuerten Baum hier anhängen, und dazu brauch ich Ruhe, verstanden? Damit ich mich konzentrieren kann, klar? Weil – für schwierige Arbeiten muss man sich konzentrieren, kapiert?
Schmückt weiter. Plötzlich sehr laut, weil er sich an einer Nadel gestochen hat:

Vater:
Aua! Auaaa! Verflucht nochmal! Mein Finger! So ein elender Drecksbaum!
(zum Radio hin)
Der spielt ja immer noch, dieser blöde Affenkasten! Ich schlag ihn auf der Stelle kurz und klein, und dich dazu, wenn du ihn jetzt nicht sofort ausmachst!
Sohn schaltet Radio aus.
Tochter kommt ins Zimmer.

Tochter:
Papa, ich soll dir sagen, dass das Essen fertig ist, und du sollst kommen, weil die Mama auch endlich fertig werden will, weil um sechs Uhr Bescherung ist.

Vater:
Ja, verdammt nochmal! Ich kann doch nicht hexen! Ihr habt eben alle kein System bei der Arbeit! Erst das eine, dann das andere! So arbeitet man! So, und nicht anders! Und überhaupt hab ich jetzt keine Zeit für euren Schmarrn!

Trinkt die Bierflasche leer. Rülpst laut.

Ah, schon wieder leer! Schau lieber, dass du mir noch ne Pulle Bier ranschaffst, statt blöd rumzulabern! Aber schleunigst, verstanden?! Weil, wer arbeitet, braucht Bier! Kein Mensch kann ohne Bier arbeiten!

Tochter geht Bier holen; nimmt leere Flaschen mit. Vater und Sohn schmücken weiter.

Sohn:
Papa, soll ich das silberne oder das goldfarbene Lametta nehmen?

Vater:
Hör mal, das ist mir so was von schnurzegal! Nimm doch von mir aus, was du willst!

Sohn:
Na gut, dann nehm ich das silberne.

Vater:
Was is? Ja, bist du denn jetzt total blöd geworden? Würd er doch glatt das silberne nehmen, dieser Idiot! Ja, bist du denn völlig bekloppt? Schau bloß, dass du das goldene nimmst!
Sohn:
Aber, Papa, du hast doch gesagt, dir ist es egal …

Vater:
Was hab ich? Nix hab ich! Das goldene hab ich gesagt und basta!

Tochter bringt neue Flasche Bier. Vater nimmt einen langen tiefen Schluck.

Vater:
Aaahhh! *(rülpst laut)*
So, dann mach ich mich mal wieder an die Arbeit.

Tochter:
Du, Papa, darf ich ein wenig mithelfen beim Schmücken?

Vater:
Nee, du, reicht wirklich, wenn *(zum Sohn hin)* der Tölpel ständig im Weg rumsteht! Das mach ich lieber al-

les selber, denn wenn ich's selber mache, dann weiß ich, dass es gemacht ist, kapiert?

Tochter:
Papa, warum bist du denn bloß an Weihnachten so schlecht gelaunt?

Vater: (schlecht gelaunt; schreit)
Ich bin nicht schlecht gelaunt! Ich bin nie schlecht gelaunt!

Tochter:
Und warum schimpfst du dann ununterbrochen?

Vater: (noch lauter)
Ich schimpfe nicht, verdammt und verflucht und was weiß ich noch alles! Und überhaupt kann ich schimpfen, wann und wo und soviel ich will, kapiert?!

Tochter:
Aber Papa, heut ist doch Heiliger Abend. Und Weihnachten ist das Fest der Liebe. Da sollte man doch nicht dauernd schimpfen.

Vater:
Ich schimpfe, wann und wo und soviel ich will, verdammt nochmal! Und überhaupt ist das ja wohl der größte Käse, „Fest der Liebe"! Dass ich nicht lache! „Fest der Liebe"! Ordentliches Essen gibt's zu Weih-

nachten, das ist aber auch schon alles! Und das ist es, was zählt! Und ansonsten kostets nur einen Haufen Geld!

Sohn:
Aber andern was zu schenken an Weihnachten, Papa, macht dir das denn keine Freude? Ist doch schön, wenn man andern eine Freude machen kann.

Vater:
Also, so ein Oberquatsch! Einen Haufen Geld kostet der ganze überflüssige Schmarrn, das ist alles! Und das soll mir Freude machen? Herrje, ihr müsst noch viel lernen, das kann ich euch aber trällern! Denkt nicht so viel an andere Leute, denkt lieber mehr an euch selbst, sonst werdet ihr nie zu was kommen im Leben!

Tochter:
Aber, Papa, denkst du denn gar nicht an die Menschen, die jeden Tag verhungern, oder die kein Zuhause haben und kein Dach über dem Kopf?

Vater:
Ja, sag mal, was gehn mich denn diese Leute an? Die kümmern sich doch um mich auch nicht! Warum sollte ich mich denn irgendeinen Dreck um irgendwelche anderen Leute scheren? Außerdem verhungert bei uns hier keiner! Und denen in Afrika oder sonst wo kann ich sowieso nicht helfen! Und überhaupt: Wer

arbeitet, verhungert nicht! Und wer arbeiten will, der kann arbeiten! Und alles andere ist faules Pack und verhungert trotzdem nicht und …

Sohn:
Aber Papa, das ist doch jetzt Unsinn …

Vater: (schreit sehr laut)
Dir wird ich gleich einen Unsinn geben, du Rotzlöffel, du unreifer, du! Weißt doch nichts von der Welt! Altklug Unsinn labern, o ja, das könnt ihr! Da seid ihr ganz groß, ihr Blödaffen! Aber das ist schon alles, was ihr könnt, ihr Saukinder, ihr elenden! Aber ich! Ich kenn mich aus! Ich weiß Bescheid! Ich hab den Durchblick, verstanden?! Mir macht keiner was vor! Keiner! Mir nicht! Wer arbeiten will, der kann arbeiten! Und wer arbeitet, der verhungert nicht! Wo sind denn meine Zigaretten schon wieder, verflucht nochmal?!

Tochter:
Ich hol sie dir, Papa.
(Tochter ab.)
Sohn:
Du, Papa, machst du es dir da nicht ein wenig einfach?

Vater: (wiederum sehr laut brüllend)
Ich? Ich machs mir zu einfach? Ich? Jetzt will ich dir mal was sagen, du Fratz, du elender! Ich hab was ge-

schaffen in meinem Leben! Ich hab ein Auto, ein Haus und zwei Kinder. Ach so, ja, und eine Frau! Und? Ist das vielleicht nichts?

Sohn:
Aber … *(wird lautstark unterbrochen)*

Vater:
Nix aber! Halt jetzt einfach endlich deine dumme Klappe! Ich will jetzt nichts mehr hören von diesem blöden Schwachsinn! Heute ist schließlich Weihnachten, da sind wir lustig, verstanden?! Freut euch lieber auf die Geschenke, die waren schließlich teuer genug! Die Leute, die irgendwo verhungern, die verhungern so oder so, und aus! So, und jetzt hab ich Hunger, jetzt gehen wir essen!

****

Eine Versöhnungeschichte zum Schluss:

Judas – schmutziger Verräter oder bester Freund?

Ich widme diese Geschichte allen, denen Unrecht widerfährt – mögen sie zu ihrem Recht kommen.

Ich habe diese Geschichte in dieses Weihnachtsbuch aufgenommen, auch wenn sie keine typische Weihnachtsgeschichte ist. Und andererseits auch wieder doch. Es geht um Liebe. Um Liebe im Sinne von wahrer, tiefer, echter Freundschaft. Und damit passt sie doch zu Weihnachten, diese Geschichte – zu Weihnachten, dem Fest der Liebe.
Und es geht um Versöhnung. Versöhnung zu Weihnachten. Versöhnung mit einem, dem seit zweitausend Jahren Hass entgegenschlägt.
Kommen Sie mit in meine Geschichte. Lassen wir gemeinsam einem Mann die Gerechtigkeit widerfahren, die er längst verdient hat.

Die Hauptfigur dieser Geschichte ist ein Verräter. Nicht irgendein Verräter, o nein, sondern der bekannteste Verräter aller Zeiten. Hinterhältig, charakterlos, niederträchtig, raffgierig. Auf ganz schmutzige, dreckige Art soll er seinen Freund verraten haben; den besten Freund, den man haben kann: Jesus. Der Verräter soll ein gewisser Judas sein. Judas Ischariot. Man kennt ihn aus der Bibel.

Seit ich vor vielen vielen Jahren zum ersten Mal diese Geschichte gehört habe vom Verrat des Judas, seitdem beschäftigt mich, was damals wirklich geschah. Seitdem frage ich mich: Wie kann es sein, dass dieser Judas an Jesus zum Verräter wurde? Warum? Was könnte der Grund für diesen Verrat gewesen sein? Eine Handvoll Silberlinge? Wegen einer Handvoll Silberlingen soll Judas, der für Jesus seine Familie verließ, der Jesus bedingungslos nachfolgte, der sein Leben völlig in den Dienst Jesu stellte, wegen einer Handvoll Silberlingen soll er diesen Jesus verraten und dem Tod ausgeliefert haben? Eine Handvoll Silberlinge - dreißig, genau gesagt – entsprachen zur Zeit Jesu etwa dem dritten Teil des Jahreslohns eines Arbeiters. Heute wären das rund 8000 Euro. 8000 Euro für das Leben des besten Freundes?

Jesus hatte sich zwölf Freunde fürs Leben gesucht. Zwölf beste Freunde, von denen der wusste, dass er sich immer auf sie verlassen konnte, in jeder noch so misslichen Situation; dass sie immer für ihn da sein würden; dass sie, wenn nötig, ihr Leben für ihn geben würden.

Und einer von diesen zwölfen war – Judas! Jesus selbst hatte ihn zu seinem Freud gemacht. Sollte Jesus sich in Judas dermaßen getäuscht haben?

Okay – Jesus war als Mensch auf der Erde. Er fühlte wie ein Mensch, er war sicher auch mal schlecht gelaunt. Obwohl ich glaube, er war meistens „gut drauf", hatte eine Menge Spaß mit seinen Freunden und war gerne lustig. Er war aber manchmal auch todtraurig, wurde gequält von Ängsten bis hin zur Angst vor dem Sterben.

Jesus war ein Mensch, und Menschen können sich täuschen. Aber kann Jesus sich dermaßen in Judas getäuscht haben? In jenem Judas, der Jesus drei Jahre lang gefolgt war und ihm die Treue gehalten hatte?

Aber da sind andererseits die Texte der Bibel, die den Verrat klar belegen. Kein Zweifel: Der Verrat hat stattgefunden. Aber die große Frage bleibt: Warum?

Ich möchte zwei Möglichkeiten aufzeigen – Möglichkeiten, wohlgemerkt, keine Gewissheiten - wie ich mir die Geschichte dieses Verrats vorstellen kann.

Wie es sich tatsächlich zugetragen hat, werden wir nie erfahren, aber in dem Bewusstsein, dass Jesus von einem seiner besten Freunde auf miese, hinterhältige Art für eine Handvoll Geld verraten wurde, kann ich meinen Glauben nicht leben. Es muss anders gewesen sein!

Grundvoraussetzung ist für mich: Judas war Jesu Freund; er hätte ihn für kein Geld der Welt verraten. Nicht für alle Reichtümer dieser Erde!

Im Gegenteil: Ich glaube sogar, Judas war Jesu bester und treuester Freund, und genau hier liegt der Grund für seinen Verrat, der einer war und doch auch nicht.

Ich meine, die Geschichte dieses vermeintlichen Verrats könnte sich so abgespielt haben:

Jesus und seine zwölf besten Freunde, die Apostel, waren eine verschworene Gemeinschaft. Für die Zwölf war Jesus ihr Meister, mit dem sie durch dick und dünn gingen, an dem sie sich orientierten, dem sie bedingungslos vertrauten.

Dieser Jesus hatte eine Mission zu erfüllen: zu leiden, zu sterben und den Tod durch seine Auferstehung zu besiegen. Um diese Mission ausführen zu können, musste Jesus das Opfer eines Verrats werden: Jesus musste verraten werden, um den Weg gehen zu können, der ihm bestimmt war.

Eines Abends, als alle schliefen, weckte Jesus den Judas. Der war verblüfft, erstaunt: „Meister, du? Mitten in der Nacht? Ist etwas passiert?" „Ich muss mit dir reden, Judas, es ist sehr wichtig. Du musst mir helfen." Sogleich war Judas hellwach: „Was gibt es, Meister, das ich für dich tun kann? Du weißt: Sei es, was es wolle – es gibt nichts, das ich nicht für dich täte!"

Jesus blickte Judas lange an, sehr nachdenklich, sehr traurig: „Judas, du bist der treueste Freund, den man sich denken kann. Wenn du tust, worum ich dich bitten werde, wirst du sehr unglücklich werden. Du wirst dich selbst verfluchen. Du wirst der Verachtung und dem Hass preisgegeben sein. Doch du wirst auch derjenige sein, durch den es mir erst möglich wird, meinen Auftrag zu erfüllen." „Meister, was es auch ist", sagte Judas ernst und blickt Jesus tief in die Augen,

„hier stehe ich und bin dein Diener. Dein Diener und dein Freund. Wenn es irgendetwas gibt, das ich für dich tun kann, so lass es mich tun. Und wenn es mir Hass und Verachtung einbringt, so sei es.
Du selbst hast uns gelehrt: Gottes Wille geschehe, nicht der unsere. Ich sage: Dein Wille geschehe, und er sei auch der meine. Ich gebe mein Leben für dich, Jesus, mein Leben, mein Glück, meine Zukunft. Sag mir, was ich tun soll, und ich werde es tun."
„Du sollst mich verkaufen und verraten, Judas; an die, die mich töten wollen."
Judas stand da wie betäubt; als hätte er einen Schlag auf den Kopf bekommen: „Ich soll dich verkaufen und verraten? Entschuldige, Jesus, aber bist du komplett verrückt geworden? Ich würde mein Leben geben, um das deine zu retten, und du sagst mir, ich soll dich verkaufen und verraten? Was soll das für einen Sinn ergeben? Wem soll damit gedient sein?"
„Tu es einfach, Judas, und frage nicht", antwortete Jesus ganz ruhig. „Vertrau mir. Tu, was ich dir sage. Ich weiß, es ist ungeheuer, was ich von dir erbitte, aber nur so kann geschehen, was geschehen muss. Tu es, Judas, geh und verrate mich und hilf mir so, die Menschen zu erlösen."
Judas heulte verzweifelt auf: „Das kann ich nicht, Meister, ich kann dich nicht deinen Feinden ausliefern. Lass uns gegen sie kämpfen, und ich werde dich verteidigen bis zum letzten Tropfen Blut. Befiehl mir zu morden, und ich morde. Befiehl mir, mich für dich er-

morden zu lassen, und ich zögere nicht eine Sekunde. Gebiete mir, mir eine Hand abzuhacken, und ich werde es tun. Aber verlange nicht von mir, dich zu verraten."

Jesus blickte ihn durchdringend an: „Ich verlange nichts von dir, Judas, ich kann nichts von dir verlangen. Ich bitte dich. Ich bitte dich um den größten Freundschaftsdienst, den je ein Freund von einem Freund erbeten hat. Tu es, Judas, um unserer Freundschaft und um der Erlösung der Menschen willen. Und sprich mit niemandem darüber. Es muss eine Sache sein, die allein unter uns bleibt."

Judas erfüllte eine tiefe, nie gekannte Traurigkeit. Und ein innere Zerrissenheit, an der er zugrunde zu gehen drohte. Er drehte sich abrupt um und rannte davon. Er rannte, bis seine Lunge brannte und schier zerbersten wollte. Er rannte seinen Gedanken davon, und konnte ihnen doch nicht entkommen. Er musste nachdenken, er musste das Gehörte verarbeiten. Er musste mit jemandem darüber reden, aber das durfte er nicht. Er wollte verstehen, aber das konnte er nicht.

Nun gut, er hatte vieles nicht verstanden, was Jesus getan hatte. Oft hätte er, Judas, ganz anders gehandelt.

Dieses Sich-Hinwenden zu Zöllnern, zu Dirnen, zu Bettlern und Behinderten und Besessenen – das war nicht immer Judas Sache gewesen. Aber er war diesen Weg mit Jesus gegangen. Er hatte alles akzeptiert, was Jesus getan und gesagt hatte. Es war in

Ordnung für ihn und gut, weil es von Jesus kam. Von seinem Freund Jesus, den er verehrte und liebte. Doch jetzt konnte er ihm nicht mehr folgen. Er, Judas, sollte an diesem von ihm so verehrten und geliebten Jesus zum Verräter werden! Das konnte Jesus doch nicht wollen. Doch er hatte nicht so geklungen, als sei es ihm nicht ernst gewesen. Aber warum? Wozu?

Jedoch – durfte er so fragen? Hatte er sich nicht selbst geschworen, diesem Jesus ohne jede Bedingung zu folgen? Zu jeder Zeit und überall hin? Musste er nicht tun, worum Jesus ihn bat, auch wenn er das Warum und Wozu nicht verstand?

Es sollten quälende Stunden folgen für Judas Ischariot, den wir heute so leichtfertig als Verräter beschimpfen.

Quälende Stunden, bis in ihm der Entschluss gereift war: Er würde Jesus, er würde seinem Meister folgen. Er würde ihm seine Bitte erfüllen. Er würde ihn verkaufen, ihn verraten, ihn seinen Feinden ausliefern, ihn dem Tod preisgeben. Und er würde das Schicksal auf sich nehmen, der von allen Unverstandene, Gehasste, Ausgestoßene, Entehrte zu sein. Er würde es tun. Um seiner Freundschaft zu Jesus willen; einer Freundschaft, die zu tief, zu echt und zu ehrlich war, als dass er sich dem Wunsch Jesu widersetzen durfte.

Die Bibel erzählt, wie die Geschichte weiterging:

Judas verkaufte Jesus für dreißig Silberlinge, verriet ihn an seine Feinde und gab ihn dem Tod preis.

Ich sage: Schuld lud er nicht auf sich – er handelte nach dem Willen seines Freundes Jesus, der seinen Auftrag nicht hätte erfüllen können ohne diesen schwierigsten aller Freundschaftsdienste.

Dennoch konnte Judas nicht weiterleben in dem Bewusstsein, dass er es gewesen war, der Jesus mit einem Kuss verraten hatte – mit dem Zeichen innigster Zuneigung. Er konnte nicht weiterleben in dem Bewusstsein, dass ohne sein Zutun Jesus vielleicht nicht zum Kreuzestod verurteilt worden wäre. Und es half ihm nicht, dass Jesus ihn darum gebeten hatte, dass es ein Freundschaftsdienst gewesen war, dass Jesu Auftrag nur so erfüllt werden konnte. Es half ihm nicht.

Judas konnte nicht weiterleben. Nicht auf dieser Welt. Nicht mit dieser scheinbaren Schuld. Er setzte seinem Leben ein Ende, nachdem er den von ihm so verachteten Mördern Jesu ihren Blutlohn vor die Füße geworfen hatte. Einen Lohn, den wir heute als Judaslohn bezeichnen – ein Begriff, der heutzutage für Entgelt verwendet wird, das für Verrat bezahlt wird.

Ein Unrecht, das wir Judas antun? Ich weiß es nicht. Aber ich hoffe es. Und ich glaube es. Eine Hoffnung und ein Glaube, die mich in meinem Glauben weiterleben lassen. Die Hoffnung und der Glaube, dass Judas Jesu Freund war. Der Beste, den man sich denken kann!

Es gibt eine zweite Möglichkeit, dir ich mir vorstellen und die den Verrat des Judas für mich erklärbar ma-

chen kann. Was bleibt, ist die genannte Grundvoraussetzung:
Judas war der Freund Jesu und hätte ihn niemals aus materiellen Gründen verraten.
Judas war aber auch ein Mann der Tat, und es machte ihn wahnsinnig, dass Jesus nicht vor den Hohen Rat treten und sich verteidigen wollte. Er war überzeugt, dass Jesus den Kopf aus der Schlinge ziehen konnte, die sich immer enger zusammenzog. Er musste ihn nur dazu bringen, sich vor Gericht zu verteidigen, sich zu rechtfertigen, sein Tun zu erklären, ja, die Herrschaft zu übernehmen, die Römer mit Schimpf und Schande davonzujagen. Die Macht und die Kraft dazu hatte Jesus, dessen war Judas sich sicher. Was hatte er nicht schon an ihn hingeredet, doch immer hatte er nur gehört: „Ich muss den Weg des Leidens gehen. Ich muss den Kelch der Bitternis trinken. Der Wille des Vaters geschehe, nicht der meine." Tausendmal hatte er diese Sätze aus dem Mund Jesu gehört, und tausendmal hatte er dagegen angekämpft: „Wehr dich, Jesus, wehr dich und verteidige dich! Stell dich dem Hohen Rat und nimm Stellung zu allem, was man dir vorwirft! Jag die Besatzer zum Teufel und übernimm du die Herrschaft!" Und Jesus hatte ihn angesehen mit großen Augen und gelächelt. Er hatte ihm die Hand gedrückt und hatte ihn freundschaftlich umarmt, aber bereit zur Verteidigung oder auch zum Angriff hatte er sich nicht gezeigt.

„Nun gut", dachte Judas, „dann werde ich Jesus zwingen, vor Gericht zu treten und sich zu verteidigen, seine Ideen zu erklären. Und alle werden sein Tun verstehen und werden begeistert sein und alles wird gut." So entstand in seinem Kopf der Gedanke, einen Verrat vorzutäuschen - um dafür zu sorgen, dass Jesus vor Gericht gestellt würde und ihn so zu zwingen, sich zu verteidigen, Stellung zu nehmen, seine Gedanken und Visionen darzulegen.

Leicht fiel Judas dieser Entschluss nicht, denn irgendwie fühlte er sich schon wie ein Verräter. Was ihm half, war der Gedanke „Ich tue es für ihn; ich tue es für Jesus; ich tue es für seine Ideen, für seine Ziele, für unsere Zukunft."

Und so kam es, dass Judas seinen Freund Jesus verriet, und dass dieser Verrat doch ganz anders zu bewerten ist, als ein „normaler" Verrat. Das einzige Ziel, das Judas mit seinem Verrat anstrebte, war, Jesus zu helfen. Er dachte, dieser Verrat würde Jesus zwingen, seine Karten aufzudecken und sich zu retten.

Er hatte sich getäuscht! Alles geschah anders, als Judas es sich vorgestellt hatte.

Jesus lieferte sich vor Gericht völlig aus; er verteidigte sich nicht, er rechtfertigte sich nicht. Und nichts geschah so, wie Judas es geplant hatte. Voller Verzweiflung brachte er das Blutgeld zurück, das er angenommen hatte, um den Schein zu wahren, warf es seinen Auftraggebern vor die Füße; allein – die Tat rückgängig machen konnte er damit nicht.

Für Judas stellte sich die Situation so dar, dass sein Verrat, mit dem er Jesus hatte retten wollen, dazu führte, dass Jesus angeklagt, verurteilt und gekreuzigt wurde – ein Bewusstsein, in dem Judas nicht leben konnte. Er setzte seinem Leben ein Ende.

Ich empfinde es als schmerzlich, dass dieser Verrat des Judas als schmutziger Verrat gesehen wird, als Verrat zum Schaden eines Freundes, der er doch nie war! Der doch nichts anderes war als ein Freundesdienst. Und ich wiederhole zum Schluss dieses Buches, das der Gestalt des Judas Ischariot zu ein wenig Gerechtigkeit verhelfen möchte, meinen Glauben und meine Hoffnung:
Den Glauben und die Hoffnung, dass Judas der Freund Jesu war. Der beste, den man sich denken kann!

****

Ich wünsche Ihnen und Euch von Herzen
Frohe Weihnachten und (s. S. 5)
den Frieden und die Freude
der Heiligen Nacht von Bethlehem.

FROHE WEIHNACHTEN

Der Autor

Dr. phil. Klaus Sauerbeck,
verheiratet, drei Kinder,
Promotion in Pädagogik und Psychologie,
Rektor einer Mittelschule.

Klaus Sauerbeck hat mehr als 30 Bücher verfasst,
darunter Weihnachtsbücher
für Kinder und Erwachsene.

Hier legt er nun sein Weihnachtsbuch
für die ganze Familie vor.

Der Autor lebt in Bayern
in seiner Lieblingsstadt Burglengenfeld
in der Nähe der Weltkulturerbe-Stadt Regensburg.

Bücher von Klaus Sauerbeck

- Arbeitslehre 9. Praxisgerechte Anregungen für den Unterricht. Donauwörth 1988.
- Geschichte 7. Praxisgerechte Anregungen für den Unterricht. Donauwörth 1993.
- s'Lem is a Radl. Texte in Oberpfälzer Mundart. Kallmünz 2004².
- Die Berufsmotivation von Hauptschullehrern. Theoretische Grundlegung und empirische Untersuchung zur Berufsmotivation von Lehrkräften an Hauptschulen. Regensburg 1996.
- Patschelchens Weihnachtsabenteuer. 24 Geschichten vom Englein Patschelchen zum Vor- und Selberlesen für jeden Tag der Adventszeit. Kallmünz 1999.
- Lust auf Schule. Mutmachbuch für Lehrer. Düren 2000².
- Max und Moritz für die Schule. Möglichkeiten der praktischen Behandlung im täglichen Unterricht, im Planspiel, im Projekt. Donauwörth 2002.
- Eine Bildung haben Sie vielleicht schon, aber eine Bildung haben Sie keine. Lauter lustige Lehrergeschichten: Was passiert, wenn Lehrer lernen? Kallmünz 2003.
- Struwwelpeter für die Schule. . Möglichkeiten der praktischen Behandlung im täglichen Unterricht, im Planspiel, im Projekt. Donauwörth 2004.
- Auer Deutschbuch 5 bis 10. Ein kombiniertes Sprach- und Lesebuch. 6 Bände. Donauwörth 2004 – 2008.
- Auer Deutschbuch 5 bis 10 Lehrerhandbücher. 6 Bände. Donauwörth 2004 – 2008.
- Der erzählende Adventskalender. 24 weihnachtliche Geschichten mit dem Englein Patschelchen. Stamsried 2006.
- Kulinarisch durchs Kirchenjahr. Kallmünz 2007
- Stille Nacht, heilige Nacht. Die Geschichte eines Liedes. Holzgerlingen 2007.
- Amazing Grace. Die Geschichte eines Liedes. Holzgerlingen 2008.
- Der Mond ist aufgegangen. Die Geschichte eines Liedes. Holzgerlingen 2009.
- Elf Freunde bleiben am Ball. Fußballgeschichten mit einem Vorwort von Uli Hoeneß. Witten 2009.
- Manchmal werden Träume wahr. Fußballgeschichten und Materialien zum Thema Werterziehung. Hemau 2011.
- Hey, du alte Kanalratte. Geschichten und Materialien für die Bereiche Deutsch/ Religion/ Ethik/ Sozialkunde. Hemau 2012.
- Lesen, schreiben, beten. Das Schülergebetbuch. Leipzig 2016.
- Die Liebe lebt. Norderstedt 2016.